JN082835

棚田の村の少女

もくじ

第一話　里山の仲間たち

1章　鬼山（おにやま）の秘密基地

〈1〉お父さんの故郷（ふるさと）

祐樹（ゆうき）は小学校四年生。会社員のお父さんとお母さんと、琵琶湖（びわこ）のほとりの町に三人で暮らしていた。

運動会がすんだころだった。突然（とつぜん）お父さんが病院に入院した。

「大丈夫（だいじょうぶ）よ。ちょっと疲れがたまっただけ。少し休んで養生（ようじょう）したら、すぐに良くなって帰ってこられるんだからね。大丈夫大丈夫、心配いらないよ」

お母さんの言葉に安心しきっていた。それなのに、突然お父さんが死んだと聞かされた。信じられなかった。

棺の中のお父さんと対面した。ぴんと来なかった。何が何だかさっぱりわからなかった。でも、その日を境に、もう二度とお父さんと会うことはできなくなった。

お父さんは一人息子だった。故郷に、お父さんを頼りにして待つ、おじいさんとおばあさんがいた。日頃から、お父さんはその二人をとても気にかけていた。

「いつか、帰るんだ」と、もらしたこともあった。

「帰る。お父さんを連れて帰るわ。それしかない」

お母さんは決断した。そして祐樹は、お父さんの故郷のこの棚田の村にやってきた。

おじいさんはショックで寝込んでしまっていた。

「あいつがここに帰ってきて、わしらの葬式を出してくれるはずじゃったのに」

そう言ってはお母さんを困らせた。おばあさんはそれでも気丈に立ち働いていたが、間もなく、

「足が曲がらん。座ることができん」

と、突っ立ったままになった。困ったのはお葬式。口をへの字に結んで、式場の座敷の隅っこに、棒のように突っ立って動こうとしなかった。見かねた隣のおじさんがおばあ

さんに椅子を用意してくれた。祐樹だって、何が何やら、すっかりとまどっていた。ただ人形のように、言われるままに動いていた。そんなお葬式の途中、何気なく向けた両の目に、縁側の窓の向こうの、真っ赤な夕日に染まったでっかい山の姿が映った。異様な風景に見えた。そして、それはずうっと祐樹の目の底に今も鮮やかに焼き付いている。後でおおかみ山という山だと聞いたが、あまりにも赤い空に、冷たく凍りつくような山の色だった。

そうして祐樹は、葬式がすむとそのまま、お母さんと、お父さんの故郷のこの棚田の村に残って、おじいさんおばあさんと暮らすことになったのだった。

お葬式の後、村の小学校に転入した。一学年一クラス。四年生は十三人。男子はたったの五人だった。

おじいさんの家は、おおかみ山とそれに連なる山々に囲まれた小さな小さな盆地の、その真ん中を流れる小川沿いに立っていた。明治時代に建てられたという古い大きな農家だった。

お隣に同じクラスの女の子がいた。愛生ちゃんといった。家が遠縁に当たるとかで、おじさんやおばさんには、何かと色々大変世話になっていた。

その愛生ちゃんが毎朝祐樹を迎えにやってくる。祐樹はどうもこの子がにがてだ。あまりにもおせっかい過ぎる。なんか、一緒にいたくないのだ。

「この子、お父さんが死んで、かわいそうなんよ」

いつも周囲の大人の世間話を聞きかじっては、色々と有ること無いこと、祐樹の家のことをしゃべくって回る。それは一方的な親切の押し売り。だからか、なんともうっとうしいのだ。そこで、学校が終わると、逃げるように校門を抜け、さっさと駆けて帰る祐樹だった。

そんなある日。大きな岩が通学路に、にょっきりつき出ている岩鼻という山裾の、崖下の道でサワガニを見つけた。岩肌をはうように小さな滝が流れ落ちていて、道路脇をサワガニがこそこそ動いていた。それをつい追っかけている時だった。いきなり呼び止める声がした。

「おい、一緒に遊ばんか」

それはりんとした、やけに胸にしむ声だった。声はすぐ側に立っているカシの木の枝からだった。枝に、ちょうど祐樹ぐらいの男の子が座って、じっと祐樹を見下ろしていた。後で考えると不思議なほど何のためらいもなかった。祐樹はランドセルを木の根かたに置くと、すぐさまその木によじ登っていった。その子と並んで腰かけた。枝にはどんぐりの実がたわわに実っていて、秋の夕日に輝いていた。向こうに、おおかみ山が薄青くかすんでぐうんとそびえていた。お父さんが見守ってくれているように思えた。枝をゆっさゆっさゆすってみた。しだいに心が晴れていくようだった。久しぶりに声をたてて笑った。

「しっ」

男の子が低い声で祐樹を制止した。愛生ちゃんが帰ってきていたのだ。愛生ちゃんはちょっと首をかしげ、立ち止まって少しきょろきょろしたが、幸い気づかなかったようで、そのまま通り過ぎていった。

「行くぞ」

側の子がひらりと枝から身をおどらせた。トン。みごとな着地。髪の毛はぼさぼさ。粗い目で編んだ、袖なしのランニングシャツのような、長めの茶色の服を着ていた。同じ学校の子ではない。それは一目でわかった。心底ほっとしていた。こいつ、僕のこと、何にも知らないんだ。そう思うことで、かえって妙なかまえがなくなって、心を許せたのかもしれない。

その子は大岩の側を流れ落ちる細い沢を指さして、

「ここを上っていくぞ」

と振り返った。ようく見ると、沢沿いに草ぼうぼうの獣道があった。

「さあ、お前も付いてこい」

そう言うが早いか、もう、ガサゴソと、その子は生い茂る雑草の間をつむじ風のように駆け上りだした。まるで夢だ。魔法にでもかけられたように、祐樹は言われるまま、あたふたと、木から滑り下りた。そしてススキやハギの雑草をかき分けかき分け夢中でひたすら付いていく。不思議と全然怖くはなかった。途中、岩の上や沢のぬかるみで足を滑らせた。急な岩場では、上るのにそれはそれは苦労した。でも懸命にそれを乗り越えた。必死だった。ここしばらく、胸の奥に重くよどんでいたうさうさをいつか忘れていた。そして吹き出す汗とともに、いつかこの冒険は爽快さにさえ変わっていた。全く楽しかった。やがてその子が急ブレーキで立ち止まった。

「よおし、よう付いてきた。一休みだ」

沢の途中の小さな淵のほとりだった。淵の底や周りの岩肌が透けて見えるほど、そこには透明（とうめい）な薄青い水をたたえていた。

「泉だ。昔からあったんだって。ここ、珍（めずら）しく残ってたんだ。この水、飲めるんだぞ」

すぐさま、その子は両手でたっぷりその水をすくって、ごくごくおいしそうに飲み始めた。そして、

「俺（おれ）、ごん太、ってんだ」

両手で水を、パシャパシャと、そのぼさぼさ頭に浴びせながら、気持ちよさそうに大きな口を開けて笑いかけた。

「僕（ぼく）、祐樹。この村にきたばっかりなんだ。ところで君、……君はこの村のもんじゃないよな」

「うん。ここは俺のじいちゃんの故郷なんだ。そのじいちゃん、去年、おっ死（ち）んじまってよ。俺、一人ぼっちになっちゃったんだ。そのじいちゃんがよく話してくれてたんだ、この村のこと。そして、いつも言ってた。『いっぺん、帰ってみたいなあ、あの棚田の村に』って」

「ふうん」

「でもよ、きてみたら、ぜえんぜん違うやん。じいちゃんの話と。水がとうとうと流れ

る川って、そんなのないやんか。小鳥がいっぱい飛び回ってるっていう森もないし。広い川にあったという深い淵も、淵のそばにあったっていうでっかい洞穴（ほらあな）も、みいんなどこにもないぜ。きらきらと白い砂の広がる河原って、その川べりのうねうねと曲がって続くタケやぶって、それって、どこにあるんだ。どこにいっちゃったんだ。どこにも無いやんか。ここ、じいちゃんの思い出と全然違うやんか」

「ほおう」

「でもな、せっかく訪ねてきたんだから、しばらくここで暮らしてみようと思ってんだ。もう、ねぐら、作ってる。そこそこ始めてんだ。お前、あっ、祐樹、祐樹だったな。祐樹も見たところ一人みたいやんか。で、俺も一人よ、いいんじゃない。一緒に遊ぼうよ。俺の連れになってよ」

「うん、そりゃあいいけどう」

「おい、さっきの元気、どうしたんだ。おいおい、元気出せよ。これで俺だって、じいちゃん亡（な）くしたばっかりでよ、一人ぼっちなんだぜ。これから先、俺、色々と探検してよ、どっかで、何とか生きていかんならんのんだ。そう覚悟（かくご）しとんよ」

「お父さんやお母さんは」

「知らんよ。そんなん、聞いたこともない。ずっとじいちゃんと二人っきりだった。でも、だから、やっぱ、一人はつまんない。どうだ、一緒に楽しくやろうや、しばらくでもよう」

「うん」

「よっしゃ、決まりい」

そこでごん太は立ち上がった。二人はまた歩き始めた。やがて沢づたいの道は、いっそう岩やごろごろした石ころ道になり、歩きにくくなっていった。そうして沢の流れは、そんなごろごろの石の下にいつか隠れて見えなくなった。

「やれやれ着いた。ここが鬼山という山だ。俺の基地がこの上にある。鬼山の秘密基地だ。誰にも話すなよ、うるさいからな。いいな」

「ああ、もちろんさ」

そこはうっそうとした常緑の森。所々の広葉樹の木々が赤、黄、橙色に紅葉していて、そのグラデーションが実に美しい。

そして、うっそうと茂ったクマザサの間を上りきると、ちょっとした草原に出た。その草原に大きなイチョウの樹がすんだ青空にぐうんと枝を広げ、でえんと突っ立っていた。

　ごん太はその大木にするすると登っていった。祐樹の広げた両手を、多分五回ぐらい継ぎ足さなければ抱えきれないと思えるほどの太い幹を、祐樹は上に上にと驚きの目をはわせた。以前に住んでいた社宅マンションの三階ぐらいの辺りから、ごん太がひょいと顔をのぞかせ、おいでおいでをしていた。全く夢の中みたい。側に草ぶきの小屋らしきものが見えた。

　祐樹はそのイチョウの樹の幹の分厚い樹皮に爪を立て、身体を持ち上げようと頑張ってみた。でもせいぜい背丈ほどしか登ることができない。ズルズルとお尻から下がっていって、ドスンと地面に落ちた。すると、

「はっはっは」

の声と一緒に、するすると縄ばしごが垂れてきた。

「なあんだ、はしごもあるんじゃないか」

　祐樹は口で鼻を持ち上げ、少しむくれて見せた。でも内心、やれやれだ。ほっとした。それを悟られないよう、何食わぬ顔で縄ばしごを登っていった。

　ごん太の小屋は、なかなかのものだった。居心地よさそう。四本の太い枝に囲まれて

いて、思ったよりも広い。ちょうど祐樹が立って手を伸ばした辺りに、枯れ木の枝を渡して屋根を作っていた。

(こりゃあ、いいぞ。家出したって、ここがあれば助かる。ここなら何日でも暮らすことができそうだぞ)

祐樹はひとりでににんまり、頬が緩んでくるのを感じた。ごん太と並んで木の枝を渡した床に寝転んだ。少し黄ばみかかったイチョウの葉をサラサラとゆすって気持ち良い風が通り抜けてゆく。

「僕も、お父さんが亡くなったんだ。それで、お母さんとこの村にやってきたところなんだけど。この棚田の村、お父さんの故郷なんだ。でも、おじいちゃん、気難しくってさ。おばあちゃんも変だし。それに近所のやつら、なんかうっとうしくってな」

「ふうん。でもいいじゃん。じいちゃん、いるんだろ」

「ぶすっとして、じろっと見るんだよ」

「じいちゃんて、そんなもんだ。元気なんだろ」

「いや、それが、どうも、どうだか」

「そうだろうな。でもいいやん、それでもいいやん」

「ふうん、そうかな」

いつかとろとろと夢の中を、ゆるやかな大きな波に乗っかったようにゆらゆら揺(ゆ)れていた。

そうして祐樹は、薄青いベールのような夕もやが立ち始めるころまで、そうしてごん太と心の羽を羽ばたかせ、ゆったりゆったりくつろいだ。

「いつでも来いな。だけど、誰にも言うなよ。俺たちだけの秘密だぞ。秘密の基地なんだからな」

「わかった」

ごん太が人差し指を立てると、それに祐樹がげんまんの指をからめた。

ごん太があのカシの木の所まで送ってくれた。すっかり遅(おそ)くなってしまった夕もやの道を、でも祐樹はひょいひょい飛ぶように、しかし愛生ちゃんらには決して気づかれてはいけないぞと、そこは気をつけ、慎重(しんちょう)に家へと帰っていった。

玄関(げんかん)を入ると、おばあちゃんが般若面(はんにゃめん)の顔で洗濯物(せんたくもの)をたたんでいた。でも、いつの間にかちゃあんと座っているではないか。(良くなったんだな)

「お母さんは？」

「お母さんはおじいちゃんの薬をもらいに病院に行ってくれとるんよ」

おばあちゃんがお二階さん、つまり祐樹たちの分の洗濯物をより分けて、祐樹に手渡してくれた。

「おじいちゃん、ただいま。今日は具合、どう、お」

祐樹は奥の間のベッドに寝転がっているおじいちゃんに声をかけた。自分でもびっくりするほど優しい気持ちになっていた。

「どうもえらいんじゃ。腹が痛いし、それに背中も痛うてなあ、もう、たまらんのんじゃ」

その声を逃れるように、そのまま階段をたったと駆け上がった。

「こら、ドンドンさせるな。お前らが帰ってくるまでは、ばあさんと静かに二人で暮らしておったんじゃ。それなのに」

祐樹は二階のふすまをピシャッと閉めた。

「ただいま。遅くなってすみません。すぐに夕飯の支度をしますから」

「まあまあ、ご苦労さん」

階下でそんな話し声がした。

〈2〉ごん太の秘密基地

祐樹は皆(みんな)と下校が一緒にならないよう、駆け足で学校から帰ってきた。でも、その日、待ち合わせのカシの木の所にごん太の姿はなかった。

（あれっ、おかしいな）

すぐに気がついた。今日はたまたま先生の都合で短縮授業だったのだ。一人であの山道を行く自信はまだなかった。道に迷うと怖(こわ)い。そこでしかたなくぶらぶらとそこらを歩いて、川土手の草むらに腰を下ろした。ここなら学校帰りの連中には見えないだろう。祐樹は草むらからカシの木を見張ることにした。

（そのうち、現れるだろう）

バサバサッと大きな音がした。ぎょっとして振り向くと、浅い流れの中洲(なかす)からアオサギが飛び立ったところだった。アオサギの飛び立った辺りに、コーヒーの空(あ)き缶(かん)やおかしのビニール袋が転がっていて、秋の西日に、鈍い光をはなっていた。岸辺に目をやると、草の間にもひしゃげた紙パックやペット・ボトルが見える。へええと、なおも目をこらしていると、そんな小川の川っぷちには、ガマやアシがびっしり茂っていて、その根元をゴソゴソ動く物がいる。

(何だろう)

突然、薄茶色のネズミの親玉みたいなやつが、ぬっと顔をのぞけた。そいつは祐樹にひとつ、ひやっこい流し目を向け、ポチャンと水に飛び込んで、ゆうゆうと川上に向かって泳ぎ始めた。

「おおい、待ってよ。おい、お前は何ものだ」

水辺まで駆け降りて、その生き物に声をかけた。すると、そやつは岸辺の水ぎわの穴へするりと潜って、たちまち姿をくらましてしまった。

「おい、どうしたんだ」

すぐ後ろでごん太の声がした。迎えにきてくれたのだ。

「ああ、あれか。あれはヌートリアっていうんだ。昔兵隊さんの防寒着にする毛皮をとるために、外国から連れてこられたんだ。でも今は必要がないから、誰も捕らんので、あちこちでえらい増えているんだ」

「へええ、ヌートリアっての、あれか。初めて見たよ」

「じゃっ、行こうか」

その時祐樹にある名案がひらめいた。

「なあ、あのガマやアシやカヤを切って、基地の小屋の屋根をふいたらどうだろう。あの小屋の屋根、木の枝の葉っぱがすっかり風に飛ばされてて、これから寒くなると、しっかりした屋根にしておいたほうがいいんじゃないの」

「ほう、いいことに気がついてくれたよ。そうだそうだ、ついでにもらっていこうか。よし、善は急げだ」

ごん太が岸の巣穴に向かって叫(さけ)んだ。

「おおい、そこのヌートリア、川のガマやアシを少しもらっていいかあ」

すると、大きいやつが先ず顔をのぞけ、続いてころころとした小さいのがぞろぞろと出てきた。その大きいやつが、

「いいよ」とでも言うように、軽く頭をひょこひょこ上げ下げした。

そこでごん太は腰のナイフを抜いて、ゴシゴシとやりだした。祐樹もポケットに隠し

持っていたおじいちゃんの肥後守(ひごのかみ)の小刀を取り出し、足元のカヤの茎を切りにかかった。つるっと刃(は)がすべってなかなか難しい。でもなんとか一束ができた。ところがもうその頃には、ごん太はひとかかえもある束をひょいひょいかついで土手に上がってきていた。

　そこで二人は、それぞれの束をかついで、あの草原にと向かった。そうしてその日のうちにりっぱな屋根が出来上がっていった。

「こうなると、周りを囲む壁(かべ)も欲(ほ)しいね。ここんとこ、風がずいぶん冷とうなってきとろう」

　祐樹が独り言のように言うと、

「うむ。祐樹、お前、見かけによらず、なかなか見どころがあるやっちゃな。よし、次は小屋の囲いだ。だけど、さて、何を使って、どうやってやるかだ」

「ううん、そうだなあ。ねっ、これって、どう、お。スーパー・マーケットの入り口に、使ってくださいと置いてある、ダンボールの箱。あれを解体して使ったらどうだろうね」

「そりゃあいい。じゃあ、すまんがお前、もらってきてくれるかい」

「うん、いいよ。よし、バス停の前のスーパーから取ってきてやるよ。そいで、明日までに、あの待ち合わせ場所まで運んでおくよ。早速(さっそく)、今日の夕方にでももらってきておくさ」

「すまないなあ。一人で大丈夫かい」

「へっちゃらさ。おじいちゃんの大きな自転車で運ぶから。ついでに少し食料も調達しておくよ」

「あ、り、がと、さーん」

相談は着々と進む。そこで祐樹はいつもより早めに帰って、スーパーに行くことにした。

「これ、少しだけど、お土産（みやげ）」

ごん太がポリのスナック菓子（がし）の空き袋二つに入れた、黄色や薄茶色のぽこぽこしたやつを差し出した。

「えっ、これって……」

「キノコだよ。知らないのか」

「知ってる。スーパーで、買う。でも……ええっ」

「ふん」とげんこつでひとつ鼻をこすって、

「山で採（と）ってきたんだ、昨日。お前らが学校に行っとる間にな。こんなのお茶の子さいさいよ」

　ごん太は泉のある沢道まで送ってくれた。祐樹はもう、山道にもだいぶ慣れてきて、うまく岩や雑草をかわして、石ころ道もすたすたと走れるようになっていた。祐樹はキノコのお土産を大事に上着に包んで家路を急いだ。

　裏門からこっそり帰った祐樹は、おじいちゃんのいる部屋の窓からキノコをばらばらと放り込んだ。ベッドにあおむけに寝転んでいたおじいちゃんが飛び起きて、窓から顔を出した。

「お土産だよ。じゃっ、ちょっとこれ、借りるよ」

　そのままおじいちゃんの大きな自転車を押し出して、裏門から出発。

「車にようよう、気を付けるんだぞう」

　珍しく、おじいちゃんが立ち上がって、窓から心底（しんそこ）心配そうな暗い目を向けた。そしておじいちゃんは半身（はんみ）乗り出すようにして、祐樹をずうっと見送っていた。

　スーパーのドアを入ると、レジ台の近くにたくさんのダンボールの空き箱が積み上げてあった。早速、小屋の囲い壁によさそうなのを探す。ちょうどいいのは意外とないものだ。でも、なんとか良さそうな分厚い、大きな箱を探し出しては、そっとスーパーから持ち出した。店員さんがちらちらこちらに目を向ける度、少々ビビッたが、それでも六箱をゲット。スーパー横のフロアーの、人目のない所でそれを丁寧に解体し、自転車の荷台に積んだ。そして今度は堂々とお土産を買いに店に引き返した。ポテト・チップスとチョコボールを買った。ミカンも一袋買ってスーパーを出た。それから、その足で岩鼻の崖の下に直行。カシの木の後ろに丁度良い隠し場所があった。かなり前に崖崩れした跡らしい洞穴だ。夜露にぬれないように、そこに押し込んだ。ふっと気がつくと、すっかり薄暗くなってきていた。急に辺りが薄気味悪く思えてきた。背筋がぞぞっとなった。急いで立ち去ることにする。でも明日の計画を思うと、がぜん勇気が湧いてくる。自転車のペタルを力いっぱい踏んで夜道を急いだ。

　家に帰り着くと、明るい台所から珍しくおばあちゃんの笑顔が迎えてくれた。おばあちゃんが久しぶりに夕食を作ったらしい。

「あんたが採ってきたキノコで、キノコご飯を炊いたんよ。キノコのおつゆも、な。さあ、手を洗っておいで。みんなで食べましょう」

　今日はおじいちゃんが台所の食卓に出てきていた。

「昔はキノコもよう採れたぞなあ。うちの鬼山には、マツタケがたあんと生ようたもんじゃが、もう今はだめじゃろうなあ」

「いやいや、ひょっとして、二本や三本は生えとるかもしれませんぞな」

「こんな体になっちゃあ、もうだめじゃな。もう山には行けんじゃろうなあ」

二人はしきりと昔をなつかしがって、キノコの夕飯に話が弾む。

「でも、また元気になって、また山にも行ってみたいもんじゃがなあ」

おじいちゃんのいつもの眉間のしわが少し緩んで、それだけでお母さんにも笑顔がちょっぴり戻り、そして四人そろっての夕食の食卓を温かい雰囲気にしていた。

「ごん太、ありがとう」

祐樹は心にそっとごん太の顔を浮かべる。その瞬間、ふっとごん太と囲む食卓を思い浮かべた。

(ごん太ん家、木のおわん、一個しかなかったなあ)

茶碗やお皿やコップ、それにまな板。ああ、それにお鍋やフライパン。祐樹は台所を見回しながら考える。そしてぴっとひらめいた。前の家で使っていた台所用品が、ダンボール箱に入ったまま物置にあったな、と。あれ、持ち出しても、わかんないや。だって、お母さん、ダンボール箱に手を触れようともしないじゃん。きっとお父さんがいた頃を思い出すのがつらいんだ。だから当分、大丈夫。ごん太んとこに、持っていこう。するとまた、泉の側の岩陰(いわかげ)にたき火の跡があったことを思い出した。

(ふふふっ。こりゃあ、楽しくなるぞ)

〈3〉しっぽなしの子ダヌキ

次の朝、登校の途中、岩鼻までくると、道にタヌキの死骸(しがい)が転がっていた。車にはねられたらしい。でも、どうすることもできない。せめて、これ以上車に潰(つぶ)されないようにと、少しずつ動かして山ぎわまで運ぶ。それが今の祐樹には精一杯(せいいっぱい)だった。その時、岩の陰のササがガサガサッと動いた。ちらっと見えた。小さなタヌキの姿が。しっぽから血を流していた。

「おいで。おいでよ。大丈夫だから」

でも、ガサガサとササの中に消えていった。

二時間目の授業の後の休憩時間。

運動場を走っていると、愛生ちゃんが近寄ってきた。

「なあ、昨日、自転車にダンボール、積んどったけど、あれって、何？　いったい、どこに持っていったん？」

何にでも首を突っ込んで、この辺りのことは何でも知っておかないと気が済まないって、そんな顔だ。

「なあ、教えてえな。あんた、この頃どこに行きょうるんな。私な、あんたのことは、おばあさんからよう見ちゃってえよと、頼まれとるじゃろ。じゃから、すごく気になるんよ」

「もうええわ、それ、ノー・コメント」

猛烈にダッシュして運動場の隅っこを目指した。そこの、誰も来ないブランコに座って、ほうっとひと息ついていると、またやってきた。クラスのボス、孝弘を連れている。

「この前、川の土手で何しとったん？　一緒にいたの、あれ、誰なん？　見かけん子じゃったけど」

二人の後ろにいつかぞろぞろと数人が寄ってきた。

「何のこと。……知らんよ。知らん知らん」

立ち上がった。逃げ出そうとした。

「おい。おい、待てよ。皆、心配しとんだぞ」

孝弘が腕をつかんだ。

「ええがな。やめといてやれえや。誰と遊んどったって、ええがな。そいつの自由じゃろうがな」

翔太という子らしい。皆を止めてくれていた。

翔太はちょくちょく見かけていた。近所の野原や川べりで。小魚を捕ったり、昆虫を追っかけたりしている。

（あいつ、何か感づいとるかな）

その時、ちょうどいい具合に、授業開始のオルゴールが鳴った。祐樹は教室にやれやれと駆けていった。


　学校が終わると、皆に捕まらないよう、こそっと校門をあとにした。岩鼻まで帰ると、タヌキの死骸はまだあのまんまだった。このまま放っておくのは、あまりにもかわいそうに思えた。祐樹は埋めてやろうと決心した。でも道具がない。棚田の田んぼの続く向こうに農家が見えた。

（そうだ）

祐樹は田んぼの間の農道をひとっ走りすることにした。そして一軒の農家の玄関の引き戸を、ガラリと引いた。

「はい。はいはい、どなた」

裏庭から声がした。そしてほどなく、おばあさんが腰をさすりながら顔をのぞかせた。

「スコップかクワを貸してもらえませんか。タヌキが車にひかれて死んでいるんです。埋めてやりたいんです」

一気にしゃべった。

「ああ、ああ。ほんとほんと。かわいそうになあ。またひかれとるかや。ちょっと待ってや」

おばあさんは、

「あんた一人で大丈夫かや」

と、言いながらスコップを渡してくれた。

祐樹がスコップをかついで戻ってくると、ごん太がカシの木の上で待っていてくれた。そこで、ごん太に手伝ってもらって、二人でカシの木の根元にそのタヌキを埋めることができた。そしてタヌキのお墓の目印に、すべすべの灰色の丸い石を、タヌキを埋めた土の上に載（の）っけた。

もう、そうぐずぐずしてはおれなかった。学校からあいつらが帰ってくる。祐樹は大急ぎでスコップを返しに走らなければならなかった。

「あれっ。祐樹？　祐樹じゃないか。どうしたん？」

農家から出てきたのは、クラス・メートのあの翔太だった。

「タヌキを埋めるってスコップを借りにきたって子、お前だったのか。祐樹だったのか」

「あ、あ、ありがとう。おばあさんによろしく」

「おっ、おい、待てよ。手伝おうか」

「いや、もうすんだ。ありがとう。じゃっ、バアイ」

岩鼻にとって返すと、ササの間にちらっとまた茶色い毛が動いたような気がした。

岩陰のダンボールの束はそのままだ、異常なし。

ごん太と分担して背負った。急がなければならない。黙々（もくもく）と二人は山を上っていった。

あの草原に出る時には、慎重に立ち止まった。念のため後ろをよおく見回し、付けられていないことを確かめた。

「よし、大丈夫」

すぐさま、ダンボールで小屋の壁作りにとりかかった。ダンボールを縄でつり上げて、基地に運び上げる作業には少々てこずった。それがすむと、四本の柱の間に渡した小枝の柵(さく)に、ダンボールを適当な大きさに切って取り付ける。ダンボールに千枚通しで穴を開け、荷造りひもを通してしっかり柵にくくり付けていく。少々の風ではびくともしないように、しっかりと固定した。そして、基地の小屋の正面には、玄関扉(とびら)を作った。ダンボール板の片方だけを留めて、ドアのように開け閉めできるようにした。壁には窓も作った。あのおおかみ山がよく見えるように、そして近づいてくる者をよく見張れるようにと、カッターナイフで丸い穴を開け、そこにビニールをはった。以前にもまして、申し分ない秘密基地の小屋が完成した。

「おい、見てみろ。小(ち)っこいタヌキがおるぞ」

ごん太の声にびっくりして下をのぞくと、子ダヌキが縄ばしごの下でうろうろしていた。しっぽがなかった。やっぱり、あの子ダヌキだ。車にひかれ、しっぽがちぎれたんだ。埋めてやったあのタヌキの子どもに違いない。

やがて山の木々の間の空が、オレンジ色に染まってきた。

「今日はよう頑張った。ようやったなあ」

「ほんとだ。祐樹はなかなかよう働く。この基地の、申し分ない良い山仲間だ」

祐樹の胸には、充実感が、ぷちぷちと気泡のように湧き上がっていた。

「今度、鍋やお皿、持ってきてやるよ。使わないのがたくさんあるんだ。一緒に食事、しようよ。何か作ってさ。きっと楽しいよ」

祐樹がこの前から考えていた思いを話すと、

「おっ、それいいな」

ごん太も大乗り気の様子。

「俺、魚は、用意するぜ」

と意気込む。

「いや、それゃあ、悪い。僕だって一緒に行く。一緒に捕りにいきたいよ。連れてってよ」

「それがな、ここいらの川には魚、なぜかいないんだ。そういうわけ。だから、まっ、そっちは俺に任せておけって」

「そうか、じゃっ。……でも、ごん太、どこで」

「まっ、いいからいいから。任せておけって」

ごん太は親指と人差し指で丸を作って見せた。

東の空に白い夕月が浮かび、おおかみ山の上の空が深い青色に暮れかけていた。祐樹は、ススキの穂がすっかり白くなって、冷っこい夕風にふわふわそよぐ山道を、「ほいさ、ほいさ」と帰っていった。


次の朝、祐樹が学校に行く途中のこと。

岩鼻のあのカシの木の所に行くと、驚いたことに、祐樹たちの作りかけのタヌキのお墓が、すっかり出来上がっていた。昨夜はもう暗かったので、うっかり気づかなかったのだ。

祐樹の置いた丸い石の下に、コンクリートのブロックが置かれていて、その周りに川原の丸い小石がばらまかれていた。そして牛乳瓶（びん）二本に、小ギクがさしてある。さらに、ブロックの上には、お線香の燃えかすが残っていた。

（誰がやったんだろう？　でも、ありがとさーんだ）

おばあちゃんがいつもやっているように、祐樹は両手を合わせ、あの母ダヌキをそっと思い浮かべて、「じょうぶつしろよ」と祈（いの）った。

教室に入ると、翔太が意味ありげに、ビーバーのような白い歯でにっと笑いかけた。

「ああ、そうだったのか。ふふっ、そうかそうか。ありがとう」

目で言うと、「いいや」と恥（は）ずかしそうな照れ笑いが返ってきた。

「ううん？　どうしたっ？」

愛生ちゃんの目がきらっと光った。

でも、この心と心のキャッチ・ボールで、このクラスにも一人、仲間ができた、そんな気がしていた。それだけで、教室に小さな明かりがぽっとともったみたいで、祐樹の心はほんわかと和（なご）んでいた。ついでに祐樹は愛生ちゃんにも、にっと笑いかけた。すると、愛生ちゃんの太い眉（まゆ）が、でれっと下がった。

（うわっ、へえ、愛生ちゃんて、意外と純情、いい子かも）

愛生ちゃんのでっかい後ろ姿が、今朝は妙（みょう）に頼もしく思えた。

〈4〉ごん太が消えちゃった

数十日ほどが、夢のように過ぎていった。

その間、色んなことがあった。

まず、祐樹は鍋ややかん、プラスチックの皿やコップを、何回かに分けてあの小屋に運んだ。スプーンやフォーク、それに調味料も少々。ごん太との食事場面を想像してみては、「ふふっ」とひとりほくそえみながら。

そうしてそんなある日、おばあちゃんがドーナツを作ってくれた。お父さんが子どもの頃好きだったという大きなドーナツ。そして思いもかけず、こう言ったんだ。

「キノコをくれたお友達に持っていってておあげ」って。そうして八個も紙袋に入れて持たせてくれた。そこで、祐樹はドーナツの袋と一緒に、戸棚(とだな)のティー・バッグを失敬(しっけい)してほくほく、ほいほい山道を上っていった。

それから、ごん太と一緒にティー・パーティーをやった。あの泉のたき火、やっぱりごん太のしわざだった。そこでお湯を沸(わ)かし、ミルク・ティーとドーナツでおやつを楽しんだ。ごん太はくりくり眼を白黒させながら、続けざまにドーナツ五つをほおばった。

「この次は何か料理を作って食べようよ。そうだ、バーベキュー、やろう。魚、釣ってこようよ」

祐樹が意気込んでしゃべると、

「あそこの池にはいるんだけど……でもな」

ごん太はちょっぴり寂しそうに言葉を濁した。

そしてたき火のかたわらで、魚を捕る道具、モリの作り方を教えてくれた。おまけに魚をつく様子を、おもしろおかしく実演してみせてくれた。その滑稽さに、祐樹はお腹を抱えて笑い転げた。

そのティー・パーティーから二、三日してのことだった。いきなりごん太がでっかいコイを二匹もくれた。一匹は緋ゴイだった。

「これ、どうしたん。どこでとったん？」

祐樹の矢継ぎ早の質問に、ごん太はただにやっと笑っただけだった。

「じいちゃんに食べさせてやってくれ。ばあちゃんに調理してもらってな。この前、ドーナツ、おいしかったって、それ、言っといてくれよ」

その晩、おばあちゃんのコイの料理が食卓をにぎわせた。コイの酢味噌和え(すみそあ)にコイの味噌汁(みそしる)。

「『鯉濃(こいこく)』っていうんだ。このお汁、体にいいんだ。元気が出るぞ」

おじいちゃんは久しぶりのお酒で上機嫌(じょうきげん)。いつもと違ったほんわかとした雰囲気に、祐樹もすっかり打ち解けてきて、あのごん太のじいちゃんの話について聞いてみようと思った。

「ねえ、おじいちゃん、昔この辺りに、川があったの？　広い川が」

「ふうん。ああ、昔か。昔なあ。そうじゃ、わしが子どもの頃、お前ぐらいの時は、まだ今のあの川も大きかったなあ。時々、そう梅雨時(つゆどき)には氾濫(はんらん)して、学校帰りに道がつかっとったわい。川のようになった道路を、フナやナマズやギギが苦しそうにバタバタしょうたぞ。そうそう、この上(かみ)の方の家が流されて、この下(しも)のタケやぶにその残骸が引っかかっとったこともあったなあ。そこの住人も一緒じゃった」

「へえ。へえっ、こわあ。じゃけど、じゃあ、その頃川には魚もたくさんいたんだ」

祐樹がびっくりして、おじいちゃんの顔をまじまじ、真正面に見つめる。初めてのことだ。おじいちゃんはいっぺんに顔を崩してにこにこ、得意げに話し続ける。

「いたいた。ドジョウやウナギ。川上の渓(たに)にはアユだっていたんだぞ」

「そうそう、アユは、おじいさん、よう釣りに出かけて、何匹も釣ってきとったなあ」

なつかしそうにおばあちゃんも相づちを打つ。

「へえ、じゃ、どうして今いないの。いなくなったん？」

祐樹が正座してじじっと詰(つ)め寄る。おじいちゃんが「うむ」と腕を組み、眉を寄せる。

「ふうん。戦争が終わって、たちまち食糧(しょくりょう)増産、米をたあんと作らにゃあならんというんで、わしが小学校高学年の頃にゃあ、田んぼに農薬をいっぱいまいとった。「危険」という赤い旗がどこにも立っとったなあ。じゃから川には入れなんだんじゃ。魚や貝や川の生き物はぜえんぶ死んでしもうた」

「ホタルがいなくなりましたよね」

おばあちゃんが残念そうな声をはさむ。

「最近、テレビの『戦後の風景』というドキュメンタリー番組で、川にゴミを捨てているのを見ましたよ」

珍(めずら)しくお母さんも加わった。

「しょっちゅう川が氾濫して田んぼがだめになるんで、しばらくして川の改修も始まったなあ。そうして蛇行していた川にはバイパスが造られ、護岸もコンクリートで固められた。ダムも造られたなあ、あっちこっちで」

　せき込むように祐樹がまた問う。

「なあなあ、昔は、ここの村の川に、淵とか岩の洞穴とか、あったの？　それに茂ったタケやぶとか」

「昔はあったかもしれんなあ。丼ちゅう淵は確かにあったな。もちろん、タケやぶはあったぞ。河原でよう遊んだもんじゃ。わしがほんの子どもの頃のことじゃがなあ」

「ふんふん、そうなんだ」

　その夜、おじいちゃんと初めてお風呂に入った。おじいちゃんが、お酒を飲んでいるのにお風呂に入ると言ってきかないもんだから。おじいちゃん、祐樹の背中を流しながら、「ふうむ」とため息をついて、そのまましばらく目をつぶって動かなくなった。おじいちゃんの悲しみが、そのざらざらの手から伝わってくるようだった。祐樹も、おじいちゃんの背をごしごしスポンジたわしでこすってあげた。おじいちゃんの潤んだ目が優しくまたたいた。胸の底がじいんとした。

やがて、朝晩はめっきり冷え込むようになった。登校時、道ばたの草もみじの上や、田んぼのイネの切り株の上に、白く霜(しも)が見られるようになり、川から白々(しろじろ)と霧が湧き上がるようになった。いつの間にか村に冬が訪(おとず)れていた。

いつものように岩鼻の見える辺りまで帰ってくると、タヌキのお墓の近くに動くものがいた。それはあのタヌキ、しっぽのちょん切れた、あの子ダヌキだった。子ダヌキは祐樹を恐(おそ)れる様子もなく、じっとこちらをうかがっていた。

カシの木の下でしばらくごん太を待ったが、なぜだか今日に限(かぎ)って、ごん太がなかなかやってこない。

（しかたがない。ひとりで行ってみようか）

少し不安はあったが、道はもうすっかり頭に入っている。山道にも、ずいぶん慣れてきていた。

「よっし。出発だ」

祐樹は山に分け入った。

カサコソ、カサコソ。子ダヌキが後ろをとことこと付いてくる。こんな小さな子ダヌキでも、人っ子一人いない山の道では、ずいぶん心強く思われる。ポケットからクッキーを一枚取り出して、足元にポトッと落とすと、さっととんできてかぶりついた。ずいぶんおなかをすかせているらしい。ほんの気持ちだけの短いしっぽをふって、祐樹にありがとうと目を輝かせた。

「ピピ」という名を思いついた。

「おい、おちびさん、お前は今日から『ピピ』というんだ。さあ一緒に行こう。秘密基地のメンバーに入れてやるぞ」

祐樹は行きなれた沢づたいの道を、ピピを従えて、よっこらよっこら上っていった。沢道を上って、クマザサの間に葉をかなり落としたあのイチョウの樹が見えた。草原に出る前、いつものように辺りを見回す。

縄ばしごを登る。しかし、そこでびっくり。度肝(どぎも)を抜かれる。

祐樹は一歩後ろに飛びのいた。そこにうつぶせに眠(ねむ)っていたのは、頭に皿をのっけた、昔話の絵本で見たことのある、あの河童(かっぱ)だった。逃げ出すにも足がすくんで、動けない。祐樹は声も出ないで立ちつくした。

「むにゃむにゃ。ああ、よう寝たよう寝た」

目をこすりながら起き上がった河童のまん丸い眼(め)が、今にも飛び出すかと思われるほど見開かれた。

「ありゃあ。やれやれ、こりゃあしもうたなあ。ああ、バレちゃったか。バレちゃあ、もうしかたがないわい。俺、じつはゴンゴ、つまり、その……」

河童はくるりと向きを変え、そろそろとはっていって、小屋の隅に立てかけてあったペット・ボトルの水を、頭の皿にバシャッとぶっかけた。するとたちまち、いつものあのごん太に戻った。

「河童なんだ。当年とって八十歳(さい)。ふふっ。でも俺たちの世界では、まだ子どもなんだ。お前と同い年ぐらいかな、たぶん」

祐樹はぽかあんと突っ立ってゴクッと一つかたずをのむ。

「だますつもりは、これっぽっちもなかったんだぜ。ついつい言いそびれちゃってさっ。ごめんな」

あまりの驚きに返事もできない。

「もう、ここには住めないんだ」

とても悲しそうな顔で話し始めた。

「昔、まだほんの小っちゃい子どもの頃、この村のゴンゴ川、ほれ、今ヌートリアのいるあの川のことだよ、あの川のゴンゴ淵に俺の家があってな、俺たち家族は、そこで暮らしていたんだ。その頃は川も今よりずっと深くってさ、水だってとても清らかだった。魚も貝もたくさんいた。でもだんだん川が汚(よご)れてきて、魚もいなくなってしまって、俺たちはずっとずっと山の奥へと移っていったんだ。

でもよ、俺、じいちゃん、亡くしたろっ。これからどうしようかと思った時、じいちゃんの話してくれてたゴンゴ川の家がちょっと見たくなってよ、やってきたってわけ。そこでさ、ばったりお前と出会った。それでついつい長居をしてしもうた。でも、ここはもう、昔俺らが暮らしていた所ではなかったよ。淵もない。深い洞穴もない。とってもすめやしないよ。だから、黙(だま)って帰るつもりだったんだ。残念。正体を見られちまったんじゃあ、しかたがない。そういうわけさ。もう、おサラバだ。だけど、楽しかったよ、ほんとにありがとう」

ごん太はちょっぴり寂しそうに笑って、もう縄ばしごを下り始めた。

「待ってよ。そんなのないよ。このままお別れなんて、それって、ひどいよ。寂しいよ」

祐樹は泣き声になっていた。

「ごめんな。もう、これ以上ここにはおれないんだよ。ほれっ、あそこを見てごらん」

ごん太が指さす方を振り返ると、沢の山道に二人の子どもの姿が見えた。一人は愛生ちゃん。そしてもう一人は何と翔太のようだ。二人はゴソゴソとクマザサを分けて、なにやら話しながらこちらにやってこようとしていた。

「ヤバい。ちくしょう。気づかれちゃったのか。ごん太、すまん。ほんと、ごめん」

頭を下げて振り向くと、そこにはもう、ごん太の姿はなかった。ドロンというふうに、かき消えていた。

「いいってことよ。いずれ、こうなることはわかっていたんだから」

「ごん太、僕は変わらないよ、これからも。ごん太が何であっても」

「ありがとう。だからなっ、もうおサラバしないといけないんだ。わかってよ」

少ししんみりした、でもからっとした声。木枯（こが）らしに混じってさっと耳元を吹き抜けた。

「ここ、みーんな、お前にやるよ。クリスマス・プレゼントだ。さようならー」

「ごん太、またいつか会えるよな。また、きっと会おうな」

祐樹は青ガラスのような冷たい空を、はらはらと舞（ま）う、イチョウの金色の一枚の葉に向かって、小さく叫んだ。

「またな。さいなら」

落ち葉の風の中から、ごん太のあのハスキーな声が、小っちゃなこだまのように返ってきた。

2章　おおかみ山のふところで

〈1〉ごん太からの招待状

祐樹は六年生になった。夏休みのことだった。午後から翔太の家に遊びに行って、家に帰ってくると、机の上に祐樹宛の茶色の封筒があった。急いで裏を返すとごん太の名前。

「えっ、ごん太。まさか、あのごん太から」

急いで開けてみる。

「祐樹、元気ですか。俺は元気だ。おおかみ山の奥の谷の村で、楽しくやっているよ。あれから、こちらにきてたまたま親切なおばさんに出会った。そこのおじさんと三人で暮らしている。一度、夏休みにでも遊びにこいよ。おじさんおばさんも歓迎してくれると思う。こちらの森や谷川で遊ばないか。準備は全部こっちでするからさ。まあ、着替えと水着ぐらいは用意してきてくれ。返事を待ってる。ごん太」

一緒に簡単な地図がそえてあって、大人の達筆の毛筆で、「どうぞお友達も誘っておいでください。ごん太の父親代わり、二上善右衛門」と書き添えてあった。

ごん太からの招待状だ。

地図を開く。祐樹の住む村からの道順が黄色のマーカーで記されている。祐樹の家の近くのバス停と「おおかみ山登山口」バス停に、二重の赤丸が付けてある。そしてバスの所要時間は一時間ほど。料金は子ども三百円とあった。

（行きたい。そしてごん太に会いたい。ごん太って、ほんとは河童なんだぞ。河童って、どんな暮らしをしているんだろう。この住所の、「おおかみ山村青が淵北三丁目」って、どんな所だろう）

祐樹はすぐさま、おじいちゃんをさがしに階下に駆け降りた。おじいちゃんが許してくれないことには、行くことなど到底できやしないのだ。しかし、これは難しいぞ。どうやって説得するかだ。祐樹はおじいちゃんの部屋の前までやってきて、「ううむ」と考え込んだ。

「おじいちゃん？　おじいちゃんは散歩に出かけていて、今いないよ。祐樹、どうしたん？」

おばあちゃんが洗濯物を取り込みながら、庭から声をかけた。

「ちょっと相談があって」

「川向こうの川土手を歩いとると思うよ。行ってごらん、まだそう遠くへは行っとるまいで」

祐樹は飛び出した。おじいちゃんは、最近必ず毎日一度は散歩に出かけるようになっていた。それは少々雨が降っていても、時には風がきつくたって、変わることはなかった。

「おじいちゃーん」

祐樹が息を切らして駆けていくと、橋を渡り切った川土手で、おじいちゃんが待っていてくれた。

「あのう、ちょっと頼みがあるんだけど」

「何だ」

「友達が遊びに来いって、手紙、くれたんだ。泊まり込みでよ。僕、行きたいんだ。森や川で遊ぼうって。僕、友達と一緒に遊びたい。行っちゃいけん？」

「ううん、そうさなあ」

「こっちの友達も連れてこいって。でも、僕、友達、あんまりできないんだ。でも、今やっと一人、翔太って子が」

「ううむ」

「まっ、愛生ちゃんぐらいは、連れていってもいいかなあと思ったり」

「ううむ」

「行きたい。行きたいよう。おおかみ山村へ」

「そうさなあ……夏休みだしなあ。友達は作らにゃあいけん。大事にせにゃあおえんぞ。それに、お前は、体をもっと鍛えたほうが良さそうだしな。ふうむ」

「なあ、行ってもいい？」

「ふーん。おおかみ山村なあ。そうじゃなあ」

「なっ、えかろう。なあ、行かせて」

そうして、この日、どういう風の吹き回しか、あのがんこ者のおじいちゃんが、オー・ケーを出してくれたんだ。しかも、心配して渋(しぶ)るお母さんまで説得してくれた。そこで、祐樹は一週間の予定で、ごん太の村に遊びに行くことになった。

それから数日間、祐樹はそりゃあ忙(いそが)しかった。

何よりうれしかったことには、翔太が二つ返事で「行く」と言ってくれたこと。愛生ちゃんもすごく張り切っている。たぶん、おばあちゃんに「祐樹のこと、頼むね。よう面倒(めんどう)、見ちゃってえよ」と、またおだてられているのだろう。

そうして八月初めの土曜日の朝、いよいよ出発となった。

祐樹が玄関を出ると、タヌキのピピがちょこんと座っていた。ピピは祐樹の家の裏山にすんでいるらしく、これまでも、裏庭に出る獣道を伝って、古い井戸の後ろからちょくちょく食べ物をもらいにやってきていた。そのピピが、「行ってきます」とバス停に向かう祐樹の足元に、体をすりすりして、いつまでも離(はな)れようとしないのだ。そのうちバスがきて、愛生ちゃんに続いて祐樹が乗り込むと、するりと足元にくっついて乗り込んでしまった。

「いいやん。連れていこ」

の翔太の言葉で、そのまま出発。そこで三人と一匹の、おおかみ山探検の旅はスタートした。

「おおかみ山登山口」のバス停に、ごん太が迎えにきてくれていた。

「いらっしゃい。あれっ、ほんとにお前、祐樹かあ。何か大きくなったなあ。それに、そっちの友達も」

ごん太がびっくりしたように言った。たしかに、愛生ちゃんはこのところすごく背が伸びていた。今では、家のおばあちゃんよりもずっと大きい。すっかりおねえさんだ。でも、ごん太は前と全然変わらない。相変わらず、ランニングシャツみたいなのを着て、それに草履ばき。今日は大きな麦わら帽子を目深にかぶっていた。

「さあ、ここからしばらく山道を上るぞ。沢伝いの道を行く。木陰があるから涼しいんだ。大丈夫だよ」

ごん太の後について、沢沿いの土手道を上っていく。赤土の乾いた、くねくね曲がる細い山道だ。青葉の木漏れ日の影を踏み踏み、しぶきを上げて流れる渓流の音を聞きながら、てくてく歩き続けた。

やがて辺りに人家が全く無くなり、両脇は大きな樹々でうっそうとしてきた。真夏の太陽が絹糸のように差し込む行く手の樹の枝で、一羽の碧（あお）い鳥が驚くほど鋭（するど）く、良い声で鳴いた。

「ほれほれ、着いたぞ。あそこだ」

ごん太の指さす渓（たに）の向こうに、一軒のかやぶき屋根の古民家が、大きなセンダンの樹の下にずんぐりうずくまるように建っていた。前の庭に、たくさんのヒマワリの花が太陽のように輝いていた。

家主のおじさんは出かけていて、おばさんが迎えてくれた。おばさんと言っていたから、お母さんぐらいの年齢（ねんれい）だろうと思っていたが、おばさんはまっ白い長い髪をザンバラと肩（かた）の辺りで切りそろえた、魔法使いのおばあさんって感じ。でもその黒い太い眉（まゆ）に囲まれた小（ち）っこい目は、実に優しそうで、にこにこ包み込むように招き入れてくれた。

入ったすぐの土間の突き当たりが、広い土間の台所だった。そのガラス戸の外に、緑したたる木漏れ日がきらきらと輝いていて、その一帯は空気まで黄緑に染まっているように見える。そこには、山ぎわの崖をはわせた、太いタケ筒（づつ）から、山の湧き水が始終、ドドッ、ドドッと流れ落ちていて、それを受ける大きな瓶（かめ）から、水はあふれ出て側溝（そっこう）を流れ下っていた。

促(うなが)されるまま、祐樹たちがその台所の上がり框(かまち)を上がると、そこは黒光りのする板張りの部屋だった。真ん中に今朝使ったばかりと見える大きな囲炉裏(いろり)があった。

「あんたたちの部屋は、この上」

おばさんの指さす方を振り返ると、部屋の片隅から、太い黒光りする丸太の梁(はり)の天井(てんじょう)へむけて、細い階段が続いていた。

そろって、早速階段を上がると、二階に二部屋。奥の六畳(じょう)に愛生ちゃんが急いでリュックを置いた。手前の八畳は平生(へいぜい)ごん太が使っている部屋らしい。今日から祐樹はここに泊まることになるらしい。もちろん、ピピも一緒だ。

「だけどな、明日から、俺たちは俺たちだけで生活するんだ。渓の洞窟(どうくつ)でキャンプするんよ。鍋や食器やバーベキューの網(あみ)なんか、もうすっかり、俺が運んでおいたから。食料はその都度取ってくればいいんだし。それも、もう了解(りょうかい)取ってある」

「へえ、そんな、冒険、できるの。へえ、大丈夫なの?」

ガラッとふすまを開けて愛生ちゃんが割り込んできた。祐樹はがぜんわくわくしてきた。

「大丈夫さ。そうこなくちゃあ。なっ、ごん太」

しばらく休んで、その後、台所裏のあの緑の空き地で、そうめん流しとなった。おばさんがたくさんそうめんをゆでてくれて、それを半分に割ったま新しいタケの樋から、「それっ、流すよっ」の、声とともに流してくれる。箸を握って、付け汁の椀を持って、翔太と愛生ちゃんは競ってそうめんをすくって食べだす。

その勢いに飲まれ、ひと足後れた祐樹も、

「おいおい、どうした」

のごん太の声に促され、樋に箸を差し入れ、

「へえっ、これって初めて。冷てえ」「うん、旨い」

と、するっと飲み込む。ピピのお皿にもポトポト落としてやる。今日は朝からどこか不安げだったピピが、すっかり水を得た魚のようにはしゃぎ始めた。

そして、そうめん流しの遅い昼食の後、祐樹たちは、「おおかみ山探検隊」として、いよいよ一日目の行事、渓流泳ぎに挑戦することとなった。

渓川に沿った、小さな小さな棚田や畑の畦道をしばらく下っていく。棚田には鈍く銀

色に太陽をはじく柵が、びっしりと巡(めぐ)らされていた。

「イノシシよけだ。あっちの畑を囲んでいるのはシカよけの柵だぞ」

「すっげえなあ。ずうっと続いとるが。これって、大変な作業だろうなあ」

「ああ、イノシシもシカも最近ものすごく増えてる。クマだってちょくちょく出てくる」

ごん太はこともなげに言う。その言葉が終わるか終わらないうちに、子ザルが目の前の畦道をとととっと横切っていった。足元をつかず離れず付いてきていたピピが、うれしそうにあとを追って駆け出した。

やがて、かなり広い青みがかった淵のほとりに出た。三方を磨(みが)きあげられたような、すべすべの薄青い岩で囲まれている。岩はそれぞれ、クジラのようだったりオットセイのようだったりする。見ようによってはカバのようなのもある。上流のひときわでっかい岩の割れ目から、きらきらと光ってサイダーみたいな澄んだ水が、音をたててその淵に流れ落ちていた。

「それっ、飛び込め」

先ずごん太が川原の白い石ころを蹴(け)って、ザブーンと水しぶきを上げた。続いて翔太が飛び込む。そして平泳ぎでぐいぐい進み、たちまち対岸のクジラの白い丸い背に到着。

「大丈夫？　深くない？　じゃあ、私も」

　愛生ちゃんがこわごわ水に入っていく。

「祐樹も、早く飛び込め。川幅（かわはば）、意外と狭（せま）いもん、大丈夫だよ」

飛び込み姿勢の翔太が、岩の上から叫ぶ。そしてまたザブーンと深みにと飛び込んだ。

その間、ごん太はもう岸のクルミの大木をよじ登り、淵に大きくせり出している枝の途中から、くるりと空中回転、ドボンと飛び込み、すかさず祐樹の所に泳ぎ寄ってきた。

「おいおい、どうした。お前、まさか泳げないのか」

「いや、いや、そんなことはないけど。ちょっと、何か深そうだなあ……と」

「大丈夫、俺に付いてこい。さあ、もぐっていこう。向こう岸に渡るぞ」

祐樹はおっかなびっくり、そろそろと石の透けて見える浅瀬（あさせ）から泳ぎだす。そしてごん太の後ろにくっ付いて川底をはうように進む。水は青く透き通っていて、岸近くを泳ぐ魚影（ぎょえい）がきらっと光って実に美しい。淵の幅はそれほど広くないので、またたく間にカバのお尻（しり）が目の前に迫（せま）ってきた。

　水面に顔を出し、「ふうっ」と一呼吸。調子づいて、カバのお尻をとんと蹴ると、平泳ぎで上流の岩へとたどり着いた。そして翔太がべったりと甲羅干（こうらぼ）ししている側に腰を下ろす。お尻がほかほか気持ちいい。岩の上にあおむけに寝転んでみる。絹糸みたいに降り注ぐ緑の木漏れ日。そうっと目を閉じる。

淵に注ぐ水音と、時々よぎる小鳥の声。そしてセミの声だけ。辺りはしぃーんと静まりかえって別世界にいるみたい。目の底に青い流れをきらめく魚の残像が浮かぶ。

「ふわあー」

ひとつ思いっきり伸びをする。その時ごん太の声が響いた。クルミの木の枝から。

「おおい、皆、ここから飛び込んでみろや」

ひらひら手招いている。

「よし、やってやろうじゃあないか」

祐樹も岩を移動する。そして、翔太が思い切りよくドボーンと行くと、後れじと祐樹も飛び降りた。足から。ゴボゴボ、ゴボゴボッと沈む。耳元をあぶくが上がっていく。足の裏にふれたぬるっとした岩盤(がんばん)を蹴(け)って、ガラスのように光る水面に浮かび上がり、深く息を吸う。そして再び水中へもぐる。目の前を青い魚がよぎった。尾(お)を振りひれをゆらし、魚体をくるっとひるがえす。そのひねった腹がきらっと銀色に光った。アユだ。向こうからまた一匹ゆらゆらやってくる。

（きれいだなあ）

思わず両手を差し出し捕まえようと、足をばたつかす。きゅっ、きゅうっ。

「痛（いて）っ」

ふくらはぎがぎぎっとつった。（やばい）ゴボゴボ。「ガブッ」

しこたま水を飲み込んだ。夢中で両手両足をバタバタ、バタバタつかせる。ゴボゴボッ。またゴボッと水を飲んだ。その時祐樹の脇腹を細い腕がぎゅっと抱（かか）え、さっと水面へ。顎（あご）に腕を回し、祐樹を引っ張って川原に。ごん太だった。祐樹は背（せな）をトントンやられ、「げえげえ」と水を吐（は）き出した。

（ああ、助かった）しばらく熱い石に腹ばいになる。

「ありがとう」

「いやいや、ごめん。急に無理させちゃったからな」

「いやいや、ほんとにありがとう。僕、魚、捕りたかったんだ。それで。……アユだったよ、確か。ふふふっ」

「良かった。よっしゃ。この次は魚捕りだ。ヤマメだっているんだぞ」

「祐樹、大丈夫だったあ？　ああ、良かったあ」

愛生ちゃんがパシャパシャ水を蹴って駆けてきた。ピピも祐樹の足にすりすり、首をすり寄せて、「くうんくうん」と心配そうに鳴いた。

「大丈夫さ。ごん太が付いとるもん。なっ、ごん太」

そうして淵の白い岩肌が西日に黄色く染まり始める頃まで、しこたま泳いで、一行はようやく引き揚げていったのだった。

〈2〉俺たちだけの森のキャンプ

あくる朝。日の出とともに祐樹たちは一斉に飛び起きた。おばさんの作ってくれた、野菜のいっぱい入ったお味噌汁と卵焼きでしっかりごはんを食べると、この旅行の目的、森のキャンプにと出発だ。それぞれリュックに着替えや雨合羽を詰め、おばさんが皆に一つずつ持たせてくれた布袋をぶらさげ、ごん太の後ろに付いて歩いていく。袋の中身はお米や調味料、それにおばさん手作りのおやつ等。開けてみてのお楽しみっということらしい。ピピがいつものように祐樹の足元を、前になったり後ろになったりしながらついてくる。

沢に沿った山道を一歩一歩登っていく。朝の空気がひんやり、とても清々(すがすが)しい。山の樹々を透かして斜(なな)めに降り注ぐ白金の朝の太陽。茂りに茂った森の木の葉のみずみずしい香り。青く澄み渡った空。岩場のかげにササユリの薄(うす)桃色の蕾(つぼみ)が揺れる。入道雲にセミの鳴き声がわきたつ頃、沢を飛び石伝いに渡って、いよいよ目指す森の小道へと入った。

原生の森には、奇妙(きみょう)な形にねじ曲がったり、大きな洞穴のできた古木がそこら中に立ち並んでいて、それぞれうっそうと葉を茂らせている。時には大きなコケむした倒木(とうぼく)が転がっていて、行く手を遮(さえぎ)っていたりもする。そんな大きな樹が倒れて開けた茂みの空間。真夏の日が金色の矢のように降り注ぐ空き地に到着した。みずみずしい幼木やシダが輝いている。

「さあ、着いた。この奥だ。この奥の洞窟に俺らの基地を作ろうぜ」

ごん太の指し示す草むらの向こうに、ぽっかりと磐の洞穴が口を開けていた。

上空をバッサバッサと黒い鳥が渡っていく。(何の鳥だろう?)

洞穴の側を、後ろの崖を伝ってしぶきを上げて落ちる湧き水が、細い流れとなってこの草原を横切っていた。おあつらえ向きのきれいな小川だ。

「探検だあ。先ず、洞窟探検だ」

祐樹はリュックを草原に投げ下ろし、その洞穴に走り寄った。中はちょっと薄暗い。でもだんだん目が慣れてくると、かなり奥まで見渡せて、なかなか快適そうな洞穴だ。そろっそろと奥に足を進める。

「そうびくびくしなさんな。大丈夫。先住民は皆追い出しておいたから。ヒキガエルは、ひょっとしてまた戻っとるかもしれんけどな。『帰る』って言うだろ」

からかうような明るい声があとを追ってくる。洞穴はきれいに掃除されていた。入り口近くには炉まで掘ってあって、たき木を燃やした跡さえある。きっとごん太が準備してくれていたんだろう。

「奥に乾いたススキの束が積んである。少しもらうことにした。俺らのベッド用にな」

ごん太の明けっ広げな声が響く。

「すげえ、ごん太。こりゃあ、いいな。ありがとう」

「なんのなんの。お友達が手伝ってくれたんだ」

「えっ、そうなん？　友達、いるんだ」

「ちょっと変わったやつでな。それに、ずいぶんへそまがり。ああ言えばこう言う、右と言えば左へ、ってやつだ。でも俺と一緒で、うちのおじさんにだいぶしごかれてよ、ふふっ、おおかた、今は、ま・と・も」

「へえ、くるの、ここにも」

「さあな。一人ぼっちで孤独をかこっとるってやつよ。でも、悪さはもうせんと思うよ。だから大丈夫、安心していい。俺が保証する」

「そんな友達がおるの。会ってみたいわあ」

愛生ちゃんが興味しんしんの目を光らす。

「さて、荷物を洞穴に下ろして、薪や食料、調達に行こうぜ。昼飯を作らんならんぞ」

「よし」「行こう行こう」

翔太と愛生ちゃんが奥にリュックを運び、ごん太の差し出すタケ籠をそれぞれ受け取る。愛生ちゃんはタオルで顔や首の汗をぬぐい、帽子の下で頬かむりに結ぶ。祐樹はポケットに肥後守の小刀を確かめて、軍手に指を通した。

「こっちだ、こっち」

ごん太が樹々の下に生い茂る灌木を、両手でかき分けかき分け獣道を下っていく。

「きゃあ、棘が刺さった。ううん、だめよ、祐樹。ぱっと放したらいけんが。蔓が顔にもろに跳ね返ったが」

　愛生ちゃんが悲鳴を上げる。

「気いつけて、間隔を開けて行こうぜ」

　しんがりの翔太の声。ピピだけはやっぱ、水を得た魚のよう。短いしっぽを立てて、生き生きと動く。

「もうすぐだ。ここから村里に出るから」

　ごん太の言う通り、間無しに人間様の造った林道にとたどり着いた。そしてクリ林を横切ると、チャの木に囲まれた小さな畑に着いた。そこにはキュウリやナス、トマトにトウモロコシがどっさりなっていた。まだしぼんだばかりの橙色の花の付いた小さなカボチャが見える。でもその隣には、大きなスイカがころっと敷き藁の上に転がっているではないか。しかも、二つも三つも。

「これ、採っていいの」

　案の定、愛生ちゃんが不安そうな声を上げた。

「うん、いいよ。言うとったろ。了解取ってるって。だから、いいんだよ。じいさんばあさんだけじゃ、食べきれないんだって。知り合いなんだ、おじさんの。垣の柵だってしてないだろ。『どうせ、イノシシらが食べちゃうんだから、どうぞどうぞ』ってわけさ」

「そう。じゃあ、そっちのネギやレタス、あっ、ニンジンもいただいちゃうね」

愛生ちゃん、大満足。翔太はナスとトマトを。祐樹は遠慮なく、トウモロコシをボリ、ボリッともぐ。ごん太はしこたまキュウリを収穫していた。

「スイカも一ついただいていこうよ」

「一つと言わず二つ、いや三つ」

「でも、もうそんなには持てないやん」

「ははは」

チャの生垣の向こうから低い笑い声がした。(例の、へそまがりだろうか)

「ジャガイモとタマネギ、持ってきてやったぞ」

「ああ、すまんな。ありがとう。それ、そこに置いといてくれ」

声の方に向かってごん太が声をかけ、ちらっと祐樹を見やり、意味ありげにひとつウインク、そしてにやっとして見せた。

「さあ、そろそろ帰ろうか」

ごん太の背負った背負い籠はぱんぱん。皆の籠も収穫した野菜でいっぱいになっていた。またごん太を先頭にさっきの道を帰っていく。

洞穴のキャンプに戻ると、炉端(ろばた)にジャガイモとタマネギの袋が転がっていた。

「やっぱり。ふふふっ。ありがとうさん」

ごん太がおかしそうに声を殺して笑っていた。

そうして皆はお昼のカレーの用意に取りかかる。ごん太の用意してくれていた薪(たきぎ)を燃やし、鍋の一つで米を炊く。そしてもう一つの鍋でカレーを作る。肉は、おばさんの例の袋に入っていた。

「思ったより時間、食っちまったなあ。もう、ぺこぺこ。腹へったあ。さあさあ、急ごうぜ」

ごん太にせかされ、それぞれ、思い思いに持ち場につく。愛生ちゃんはジャガイモやニンジン、タマネギを小川で洗ってきて、早速カレーに取りかかる。翔太は米をといできて火にかける。火たきはごん太の役。

「じゃあ、僕、薪、もっと探してくるね」

祐樹はピピを連れて森に向かった。

ブナやナラやシイの樹々の森に分け入ると、そこはまるで緑のオゾンの小宇宙。降りそそぐ香しい微粒子の大気と光る風。そんな中、祐樹は落ちている枯れ枝を拾って歩く。あっちにもこっちにも、白く乾いた枯れ木が転がっている。夢中になって集める。あまり大きな枝は運べない。いつか腕に抱えきれなくなった。祐樹の背に負えるぐらいを束にしようと思いつく。でも縛る物がない。何か適当な蔓でもないかしらときょろきょろ探していると、コケむした倒木にうようよと生えたタケを見つけた。ナメタケだ。

「こりゃあ、朝のお汁にいいぞ」

ねばねばを気にしながらつまみあげ、そこでまた困った。何に入れて運ぶかだ。ポケットをまさぐっていると、足元にバサッと大きなフキの葉っぱが三枚降ってきた。

「えっ」と見上げると、見知らぬやせっぽっちの少年が木の股に立っていた。

（ははあん、ごん太の言ってたあの子だな。ちょっと変わったやつという）

その子は藁で編んだ縄もポイと投げると、さっと風のように飛び去って行った。

（うん、たしかに、変なやつ、変わってる）

「ありがとう。ごん太の友達くーん」

祐樹はそのフキの葉にナメタケを包み、縄で枯れ木の束を縛って、それを縄で背に負い、皆の待つキャンプ地へと帰っていった。

その途中のこと。森のうっそうとした木々の間を、何となくうさんくさい感じの大人の人が、すっと通り過ぎた。黒メガネに大きなマスク。真夏だというのに分厚い帽子を、しかも眼鏡の上まで深々かぶっていた。

(何者だろう。この辺りの人ではなさそうだが)

祐樹はそっと抜き足差し足、足音を忍(しの)ばせた。

(ふふっ、何やってんだ。何も悪いことしてないのに)

キャンプ地近くに帰り着くと、もう辺りにカレーのいい匂(にお)いが漂(ただよ)っていた。皆もう思い思いに木陰にシートを敷いて、ごはんにカレーをよそった平皿を持っていた。愛生ちゃんが祐樹に気づいて、

「祐樹、ここ、ここ。ここでいいでしょ」

と、ごん太のおじさんの手作りだという木の皿に、カレーライスをたっぷりよそって運んできてくれる。スプーンも木製の手作りだ。ジャガイモもニンジンも不ぞろい、ごろごろしているけど、味はけっこういけてる。

「なかなかうまいが」

そう言うと、「当然」と、愛生ちゃんの太いひじ鉄砲（でっぽう）が、祐樹の頬（ほお）を打った。

「おっとっと」

スプーンのカレーをこぼすところだった。

〈3〉魚捕りに挑戦

早々と食べ終わったごん太が、

「スイカ、切ろうか」

と立ち上がり、流れにつけて冷やしておいたスイカを取りにいく。ピピがしっぽを振り振り付いていく。すっかりよう慣れたものだ。

「少し休んだら、渓川に晩のおかずを捕りにいってみようや。ヤマメが釣れるはずだ。祐樹が枯れ木をたんと拾ってくれとるから、キャンプ・ファイアして、バーベキューといこう。ひとつ頑張ってみようや」

スイカを切り分けながら皆を見回した。

そうしてごん太の案内で、ごん太にもらったタケ竿をかついで、ぞろぞろ谷へ下りる。

そこからしばらく渓流を遡って、ヤマメのいるという岩陰に陣を構えた。透き通ったせせらぎを、イトトンボが音もなくすいっとよぎる。緑のカエデやサワフタギの葉陰に目をこらすと、ひらひら、そしてさっと魚影が動く。

「しいっ。音をたてちゃだめだぞ。そっとそっと。この箱に羽虫が用意してある。針に刺して、影を映さないように気いつけて流れに落とすんだ。自然に流れているようにな」

みなみな、緊張気味。かたずをのむ。言われるように持ち場に分かれ、糸を垂れる。

祐樹も羽虫の糸をそっとせせらぎに流す。すぐ流されるので大変だ。忙しい。

（そうか。そうだよな）

岩陰の流れのよどみに針を移してみる。ぴくっとウキが沈んだ。（よし）

「曳け」。あわてて竿を上げる。軽い。ぽとぽと、しずくだけが針先から光りつつ落ちる。

その間に、ごん太はもう三匹も釣りあげていた。それもいい形ぞろいだ。

「さすがだなあ」

「いや、俺、もぐって突く方が、もっとうまいんだけどな」

「じゃあ、それ、やってよ」

「ここじゃ、だめだろ。皆の釣りの邪魔になるし」

「別の場所、まだあるのか」

「あるさ。この上の淵。やって見せようか。お前もくるかい。だけど、また溺れられると困るしなあ。だから、まあ、ここで待ってろ」

「いやだ。僕もやる。やりたい」

「へへへっ。困ったやつだ。じゃあ、付いてこい」

「釣れた釣れたあ」

愛生ちゃんの叫び声を後ろに聞き流し、祐樹はごん太に付いて少し上の、木々が水面に垂れ下がった、深緑によどんだ淵に移動した。そしてごん太に手ほどきされるまま、ごん太に貸してもらったヤスを右手にしっかと握って、じっと水中に目をこらす。崖の、水流で土が掘れた辺りに、何といるいる。それもかなりの大物だ。水面に顔を出し、深く息を吸って、そっともぐる。まだいた。胸びれをひらひらさせている。ヤスを繰り出す。

さっと逃げられてしまった。

（うへっ。はあ、難しい）

「当たり前だ。そうやすやす、俺の特技をとられてたまるかよ。これでけっこう修業がいるんだぞ。見てろ」

ごん太は息を継がないでずいぶんもぐっていく。平気なのだろうか。そのうち、ガバッと水面に顔を出した。ヤスには大きなヤマメが。岸辺に生えているクマザサを魚の鰓から口に通して、コボッとまたもぐった。祐樹も負けじとまたもぐる。澄んだ青い流れをごん太の白い足が泳いでいく。反対側の岩陰に泳ぎ寄り、じっと待つ。黄褐色に赤い斑点のやつがすうっと近寄ってきた。すかさずヤスで突く。くねる横腹に刺さった。ガバッ。水面に顔を出し、獲物をかかげる。

「おう、やったなあ、すげえぞ。それ、イワナだぞ。ほう、おったんだなあ、ここいらにも。へええ」

ごん太の珍しくとんきょうな声が迎えてくれた。

でもその後は、全然何も捕れなくて、それでも祐樹はイワナの大物に充分満足だった。ごん太の三本のササに刺したヤマメ五匹プラス釣った三匹と、愛生ちゃんの一匹の獲物でもう夕食の糧は充分だと、ねぐらに帰ることになった。翔太が悔しがってなかなか腰を上げようとしなかったが、「また」ということで、やっと治まった。

そしてその晩さんのバーベキューに取りかかった。

ごん太に連れられて、翔太と祐樹は鉈（なた）を持ってまた森に分け入った。太いブナやシラビソやナラやカシの太い樹が、夕映え（ゆうば）の黄金色の陽光をバックにそびえていた。その幹は黒々として、輪郭（りんかく）が夕日に染まって茜色（あかねいろ）に光っている。森はまるで妖精（ようせい）のすんでいる魔法の森って雰囲気をかもし出していた。枯れかけた大木に太いツタが妙な形にからみ合っていたり、樹齢何百年かと思われるカヤの大木が両手を広げて立ちはだかっていたりする。そんな夕闇（ゆうやみ）の森から白い夕もやが静かにもわっと湧き上がってきて、「ここから、もう帰しはしないぞ」と祐樹たちを取り込もうと迫ってき始めていた。

「急ごう。倒木の枯れ枝や根っこを鉈でさっさと切り取って運ぼう。これ、よく燃えるぞ。でもぐずぐずできんぞ」

ごん太の声が森にりんと響く。そこで、枯れた倒木に鉈をふるう。堅（かた）い。そこは、ごん太が腰に差していた鋸（のこ）を使った。

そして、なんとか陽（ひ）のあるうちに、束にしてそれぞれかついで無事に戻り着いた。

その夜は素晴（すば）らしいキャンプ・ファイアとなった。たき火を囲んで歌ったり、ふざけて踊（おど）ったり。そして赤く焼けた炭火でバーベキュー。取ってきたばかりのトウモロコシやナスやピーマン、タマネギを焼く。愛生ちゃんがおばさんの袋から調味料を取り出し、木皿に少しずつそのソースダレを配って回る。祐樹は獲物のイワナにしっかり塩を塗（ぬ）り付けて網にのせる。そしてごん太が串（くし）に刺し、塩を振ってくれたヤマメは、たき火の周りの土に、一本一本刺してこんがりとあぶる。ジュウジュウと焼けていく魚や野菜。香ばしい匂いが漂う。

「これこれ、これがありゃあ、俺は言うことなし」

ごん太が喜んだのは、愛生ちゃんのキュウリもみの一皿だった。

皆でヤマメの塩焼きにかぶりついている時だった。カシの木の向こうの暗がりから、黒い影がこちらをのぞいていた。ごん太が先ず「うん？」と目をこらした。続いて祐樹もそちらを見やる。ガサッと影は動き、さっと消えていった。

「何だ？　誰だ？　誰かいたね。誰かこっちをのぞいていたよね」

「うん。気がついてる。何か、たしかに、怪（あや）しい」

「お昼前に、僕が枯れ木を拾いに行った時も、あの人、見かけたんだ。どうもこの辺りの人ではないみたい。ごん太の友達じゃないかなと思える人にも会ったけど、またそれとは違った感じだよ」

「そう。じゃあ、その、あいつに調べてもらうかな」

そこで、ごん太はほくそえみながらうなずいた。

皆それぞれたらふく食べて、大満足。思い思いに火を囲んで草の上に寝そべった。祐樹もあおむけに寝て空を仰いだ。黒い森の木々の間の群青の空に、天の川が雲のように流れていて、ちかちかと無数の小さな星々がまたたいていた。日中のあの湧き上がるようなセミの音は今はなく、時折寝ぼけたように鳴く鳥の声がするぐらいで、いつも車や色々な騒音の中に慣らされている全身の神経が、この瞬間ばかりはぴんと研ぎ澄まされるように感じる。耳もとで、もう秋の虫の音がしていた。

「明日は何をするかな？」

たき火の向こうから眠そうなごん太の声がした。

「僕、魚捕りたい。愛生ちゃんでも一匹釣ったのに、僕、めっちゃ悔しい。僕だけだ、釣ってないの」

翔太だ。

「そうかあ。じゃあ、場所変えて、またやるか。祐樹はどう思う。あっ、そうなっ、愛生ちゃんは？」

「異議なし」

「いいよー。私、もっと大きいのをまた釣るから」

「ふうむ。じゃあ、少し下に行くか。泳ぎもできる所がいいだろ。釣りをして、ついでに泳ごう」

「お弁当、作っていこうよ。おにぎりとか」

愛生ちゃんが提案する。

「それ、いいな。朝多めにご飯炊こう。愛生ちゃん、今晩、キュウリとナス、浅漬けに漬けといてえや」

ごん太が両手で拝むまねをする。ちらりと祐樹の脳裏に、以前の町内会の運動会がよみがえった。

「じゃあ、その漬物とかスイカやトマトなんか紐につって、パン食い競争みたいなの、してみんや」と言うと、

「ええなあ。おもしろそう、やろうやろう」

「ウインナもつるしてよ。あっ、焼きトウモロコシも」

愛生ちゃんに続いて、翔太の目が輝いた。

そうして、その夜はすっかり疲れ切っていた翔太と祐樹は、はうように洞穴のススキのベッドにもぐり込むと、ごん太に起こされるまで、ぐっすりと眠りこけたのだった。ただ、愛生ちゃんはごん太のリクエストに応え、余っていたキュウリとナスをビニール袋で塩漬けにして、おまけにお米もといで寝たようだった。ピピもいつの間にか祐樹の脇にきて眠ったらしい。祐樹が目を覚まし、起き上がろうとすると、ぴたっとくっついて寝ていたようで、ころんと転がり落ちた。

「おおい、いつまで寝てるんだ。陽が昇ってるぞ」

ごん太の声で皆一斉に飛び起きた。

「あれれっ、ここ、どこだっけ」

翔太のとぼけた声が皆を笑わす。そろって小川に向かった。山の湧き水はぴやんと冷たい。その水で顔を洗い、歯を磨くと、全身、背骨までシャキッとなる。

朝食はナメコ汁。お弁当のおにぎりは砂糖を少し足した味噌を塗って網で焼いた。どこからかごん太が卵をもらってきてくれていて、卵焼きも作った。

そしてそれぞれリュックにお弁当の包みを入れ、祐樹はパン食い競争用のナスやキュウリの漬物や、バーベキューの残りの焼きトウモロコシやウインナなんかも背負って、キャンプ地を出発した。ごん太はもちろん、釣り道具一式をかついでだ。

昨日の釣り場から少し下った所に渓が蛇行した、川幅の少し広がった所があった。そこに出来た川原に一行はリュックを下ろした。

「ここなら、泳げそうだ。早速泳ごうか」

祐樹がパンツになると、

「釣りをしてからでしょう」

と翔太が笑う。渓の水は意外と冷たそうだ。川原の石をどかすと、サワガニが赤黒い甲羅をのぞかせた。ザワザワとジンベイザメの背のように波立つ水面すれすれに、すべるように水色の美しい小鳥がすいっと下っていった。そうしてそれぞれ持ち場を決め、釣りに取りかかった。皆、竿を振って糸を投げては、じいっと流れていく糸先を見つめ、その糸先を黙々と上流に戻してはまた流し続ける。キュルキュルと涼しい水音だけが体の中を流れていくような時間が過ぎる。時折白黒の小さな鳥が岩の上に飛んできて、ひこひこ尾を振り、ぱっと飛び立つ。

「やった、かかったぞ」

先ず、しじまを破ったのは翔太の一声だった。間もなく、翔太はきらきらした虹色（にじいろ）に光る魚体を足元の岸に引き寄せた。

「何だ。大きいなあ」

「ヤマメじゃなかろう」

「ニジマスだ。翔太、良かったなあ。よっし。じゃあ、俺はまたもぐってつかもうか。そっちの方が俺には向いてるからなあ」

そう言うが早いか、ごん太はもうシャツをかなぐり捨て、そっと渓川に沈んだ。その時祐樹の竿先がぴくぴく、ついで、ぐぐーとしなった。慌（あわ）てて竿をしゃくる。かかった。竿を引き上げる。重い。胸がわくわくする。（イワナの大物かな）魚体が水面にのぞいた。銀色にうろこが光る。（ニジマスだ）ぐいと手元に引き寄せる。虹色に光る腹をつかむと、ぬるっとすべる。

「おおっ、祐樹もやったか」

残念そうに顔を向け、でも翔太は一層意気込んで流れに竿を振り続ける。ぶくぶくと白い泡（あわ）が広がって、ガバッとごん太が岸辺に顔をのぞかせた。さすがだ。でっかいニジマスをつかんでいる。愛生ちゃんが転げるように駆け寄り、獲物を両手に受け取る。その後も、ごん太は二匹のニジマスをつかみ取った。祐樹と翔太もやってみたくなって、川に入った。だいぶ日が高くなってきていて、川面はきらきら銀の砂のように輝いていた。祐樹はごん太をまねて、岸辺の岩場や水草の間に目をじっとこらす。いつか翔太もあとに続いた。

「あっ、逃げられたあ」

「ああ、あっ。僕も、やっぱだめ。逃げられたあ」

そこで一同、お弁当となった。

川原のヤナギの木陰で弁当を広げる。焼きおにぎりが何ともうまい。日頃あまり好きではないナスの漬物も、ここでは別。格別だ。

「焼きおにぎり、めっちゃうまい。それにこの卵焼きも。こんなん食べたことないわ」

翔太のそんな言葉がよほどうれしかったのか、愛生ちゃん、ウハウハと上機嫌。

「食べて食べて」

と、自分の分を翔太の包みにのせていた。

〈4〉強盗を捕まえよう

　そうして午後から、川遊びとなった。

　川に荷造り紐を渡して、パンの代わりのキュウリやスイカや焼きトウモロコシをつるしている時だった。蛇行した渓川の岩陰から黒い人影が山に上っていくのが、茂った樹の間にちらっと見えた。何か重そうなビニール袋を提げていた。

「昨日見かけた男だ。いったいどこに行くんだろう」

　祐樹が側のごん太にささやく。

「うん、わかっとる。アマノジャ、あっ、いや、その、天野君に調べてもらって、昨日晩聞いたところによると、川下の町で現金輸送車が襲撃されたらしいんだ。けが人も二人、出てるってさ。町では今その事件で大騒ぎだって。あの男がその強盗の手先だとしたら、あと、二人いるらしいぞ。三人組だったっていうから。しかも、その強盗はそうとう凶悪なやつららしいんだ。多分前科もあるんじゃないかってよ。それで町では皆恐ろしがって、ずいぶん警戒してるってことだ」

気づくと、側にぴたっと愛生ちゃんと翔太が寄ってきていて、耳をすませてじっと聞いていた。

「通報しなくっちゃあ」

「そうだ、すぐ警察に知らせようぜ」

「でも、もし人違いだったら、かえって、えらいことになるよ。さて、どうするかだ」

祐樹の言葉に、

「ううむ。お前らを危ない目に遭わすわけにはいかんからなあ。それに、これは、俺らだけでは、ちょっと難しいぞ」

ごん太が腕組みをして、「ううん」と考える。

「考えてる暇なんてないよ。逃げちゃうよ。追っかけよう。やつらの隠れ家まで、すぐ追跡しなくっちゃあ」

愛生ちゃんが走りだした。

「おいおい、服を着て。靴を履いて」

「あはっ、ははは」

愛生ちゃんの笑い顔に勇気づけられ、四人はそそくさと着替えて、そしてこっそりあとを付けることになった。

　男の足は思ったよりも速かった。四人は息せききって追っかけるが、男の姿はどこにも見当たらなかった。ところが、ごん太はそんなこと、どこ吹く風。黙々と先頭を上っていく。

「わかるの？　足跡が」

「ああ」

「きゃっ、ピピったらあ。だめっ。足元にからむと踏んじゃうよ」

　愛生ちゃんだ。

「それに、たぶんあそこだろうという見当はついてるんだ。だって、ここら辺で雨露（あめつゆ）しのげる場所って、限られてるし。しかも、人間さん、おっと失礼、都会人が隠れ住むとすりゃあ、少なくとも屋根のある所でないと、だろっ。となると、ここいらには、もうあそこしかないやな。この上のクヌギ林に炭焼き小屋があるんだ。もうずっと前から使われてはいない、空き家同然の小屋なんだ。でも、雨露はしのげる。炭焼きのかま跡で火もたける。たぶん、あそこだろうと思うんだ。しっ。もう近くまできているんだ。ここからは足音を忍ばせて、いいなっ」

「皆、聞いたね。音をたてないようにな」

祐樹が皆を振り返る。うんうんとうなずきながら、愛生ちゃんが異様に目を輝かせて、抜き足差し足で付いてくる。後ろに翔太とピピを従えて。

やがて、炭焼き小屋が見えてきた。ごん太が皆に「隠れてろ」の合図。そして後方を手で制して、はうように近づいていく。祐樹はそのあとを追った。トタン屋根の小屋の裏手、板を張り合わせた壁にさっと近づく。そして、その明かり取りの窓の下に、二人は体を丸めてしゃがみ込んだ。そうっと窓の端（はし）から目だけのぞかせる。

三人の男がいた。一人はさっきのサングラスのやさ男。一人はひげづらのでっぷりした男。もう一人は鋭（するど）いキツネ目ののっぽだ。三人は袋から取り出したコンビニ弁当らしき物を食べていた。ペット・ボトルが数本転がっている。小屋の隅に、壊（こわ）されたジュラルミンのケースが投げ出されていた。そばにボストン・バッグが三つ。

（やっぱり）（なるほど）

そこで、二人はそっとそっと足を忍ばせて帰ろうとした。

ガサッ。カランカラン。空き缶につまずいた祐樹が、（やばい！）と、振り返ったその時、窓からひげづらが顔をのぞかせた。

「おっ、こらっ、待てぇ」

サングラスとキツネ目の男が、小屋の表から戸を押し開いて飛び出してきた。

「逃げろ。下（しも）に下（くだ）って、知らせてくれ、警察に。さっきの川原をちょっと下ると人家がある。俺は、皆を連れて逃げる。また、後でな」

そう言い残すと、ごん太は風のように走り去る。皆を連れてどこかに隠そうというのだ。考える余裕（よゆう）なんかない。祐樹は必死でさっき上った道を駆け下りる。後ろをひげづらが追ってくる。転げそうになりながら夢中で走る。ふと気がついたら、いつの間にか道を間違えたらしい。やぶの中に迷い込んでいた。ガサッ、ガサガサ。後ろを追っかけてくる者の音が迫ってくる。

(どうしよう。こわい)

「こっちこっち、俺に付いてこい」

森で出会ったあのひょろっとした青白い顔が、やぶの中から、手招きしていた。

(ああ、アマノジャク、じゃない、天野君)

そうして、祐樹は天野君に助けられた。天野君はうまいこと男をまいて、川下に導いてくれ、人家を教えてくれた。

山裾の一軒だけの農家に飛び込んだ。運の良いことに、おばあさんがすぐ出てきた。

「電話、貸してください。泥棒を見つけたんです。警察に通報したいんです」

と叫ぶと、携帯電話を差し出した。急いで一一〇番。

「もしもし、現金輸送車を襲った泥棒のアジトを見つけました。すぐきてください」

「もしもし。お名前は？　住所は？」

「何言ってんだい。強盗だよ。あの。ああ、そうか。谷口祐樹。住所は、住所は……」

「おおかみ山村ひじ曲がり下」

おばあさんが大きな声で叫んだ。

「わかりました。すぐ参ります」

そうして、それから祐樹はそこでパトカーのくるのを待った。愛生ちゃんや翔太を気にかけながら。時のたつのがこんなに遅いと思ったことはなかった。

「くううん、くうん」

ピピだ。庭先で祐樹の方をまん丸い眼が見つめていた。天野君の姿はどこにも見当たらなかった。

玄関の上がり框に腰掛けて、おばあさんのくれたコップの水を飲みながら、見るともなく見上げた壁に、カラス天狗のお面がかかっていた。反対の壁には黒光りのする長い棒が三本、平行に並べてかけてあった。

やがてパトカーが数台連なって林道をやってきた。そして祐樹の案内で、あの炭焼き小屋に向かった。山道の途中で、

「もうわかった。ありがとう。君はここまででいいからね。気をつけて帰りなさい」

「また、後で話は聞かせてもらうからね」

そう言われ、祐樹はそこで帰らされた。警察官の数人がバラバラッと小屋に向かって足早に上っていった。

祐樹が山道を川原に降りると、静かな山里に数台の車が押し寄せてきていた。

「リュック、持ったぞ。急ごう」

天野君が祐樹たちのリュックや釣り道具を持って、川岸に待ち構えていた。

(ああ、ここにいたのか)

「ニジマス、ニジマスっと」

祐樹はササに刺して岸辺に置いたままのニジマスをビニール袋に押し込み、自分のリュックを背負った。

天野君と洞窟に戻ると、愛生ちゃんや翔太が大騒ぎで出迎えてくれた。

「わあ、祐樹、大丈夫だったあ？　よかったあ。で、その人、誰？」

ごん太は何事も無かったみたいに、もう薪を拾ってきて、火をおこしていたが、ちらりとこちらを見やって、小さく手を上げた。

「俺の友達」

「ああ、あの人ね」

そして愛生ちゃんは興奮さめやらぬ顔で、これまでのてんまつを、息もつかずに祐樹にしゃべくる。

「あのね、あのね。大変だったのよ。黒メガネの男が追っかけてきたんよ。私らは森に逃げたんよ。だけど、あの黒メガネの男は、それ、知ってたみたい、私らのことも。この洞窟でキャンプしてるってことも、ね。だから先回りしょうとしたんよ。でも、ごん太は偉（えら）いわ。それ、わかってて、途中のやぶに私らを連れてったってわけ。すごい大木があったわ。大きな洞のある」

「それで、男は結局きょろきょろしながら、あきらめて帰っていったんだよな。何でだろう、あの時もカラスが何十羽も森の上を旋回（せんかい）してたよ。あれって、何なの？」

翔太が引き継ぐ。すると、愛生ちゃんは翔太を押しのけて、また続ける。

「しばらくしてよ、あちこちで、大声が上がったんよ。『むだな抵抗はやめなさい』とか、『こら、止まれ』とかね。ああ、そうそう。一発、拳銃の銃声がしたんだ。あれから、急に静かになったんと違う？」

「無事で良かったね」

「そう、祐樹もね」

ごん太がにこにことそんな三人を眺めていた。

その晩、天野君はこの洞窟に泊まることになった。夕食は大にぎわいになった。ニジマスを開いて、鉄パンでバター焼きにしていると、森の中から男がぬっと現れた。

「きゃあああ」「わあ」

一同とっさに立ち上がって身構えた。

「大丈夫、大丈夫。野菜を採らせてくれたおじさんだよ。うちのおじさんの知り合い。お仲間だよ」

「今日は大変だったな、お前たち。だけど、大手柄だ。偉かったな」

おじさんは湯気の立つ鍋を提げていた。

「シシ鍋じゃ。わしが捕った獲物じゃぞ。うまいぞ」

早速炭火の上に置く。おじさんはそばに転がっていた棒きれを両手に握ると、イノシシを捕るかっこうをして火の周りを踊って見せた。そして、厳しい顔で言い渡した。

「明日はもうここは引き払ったほうがいいぞ。テレビだとか、それにわんさと弥次馬が押し寄せてくるぞ」

「そうだな。残念だけど、もうキャンプはおしまいだな」

ごん太が寂しそうにつぶやいた。

そうして次の朝、人目につかないように祐樹たちは洞穴を引き払った。

ごん太のおじさんは白髪交じりの長い髪と長い髭をたくわえた、赤ら顔の、大きなたくましそうなおじさんだった。その奥の部屋に入ると、天井に近い壁に赤い長い鼻の天狗のお面がかけてあった。この家にも、あの長い太い棒が数本かけてある。

お昼に、おばさんの山菜おこわのご馳走を食べていると、うちのおじいちゃんが迎えにやってきた。途中まで愛生ちゃんのおじさんの車できたと言う。

「夕べ、テレビのニュースを見てびっくりしたぞ」

いきなりだった。でも、

「ほんまにお世話になりましたなあ」

おじさんおばさんに、丁寧（ていねい）にお礼を言って、ぺこぺこ頭を下げてくれた。

「も少し、ここにいたいよう。なあ、いいでしょ」

祐樹は手を合わせて頼んでみた。

「ううむ」とおじいちゃんがうなった。でも、ごん太のおじさんは、これ以上引き留めようとはしなかった。

そこで少し早めだけど、とっても残念なんだけど、祐樹たちは帰ることになった。

「また、会えるさ」

「これ、少しだけど」

おばさんが干したワラビとゼンマイの包みを土産にくれた。

ごん太が途中の峠（とうげ）まで見送ってくれた。

「ごん太、ありがとう。天野君にもよろしくな」

「またな。さいなら」

ごん太は森の細道に、ぽつんと突っ立ってて、その姿は小さく小さくなって、やがて森陰に見えなくなった。

3章　ホタルの里に

〈1〉ゴンゴ川

お盆が過ぎ、夏休みも残り少なくなった。この頃、祐樹は朝、時々だけどおじいちゃんの散歩に付き合うようになっていた。

打穴(うたの)川の橋を渡って、この川と山裾に造られているバイパスの川との間の、向かい原というイナ田を一周する一キロほどの行程だ。はるか向こうに薄青くそびえるおおかみ山を眺めながら歩く。

川にそった農道を行くと、「考える人」みたいなポーズで岸にたたずんでいたアオサギが、迷惑(めいわく)げにバッサバッサと飛び発(た)つ。ヌートリアもポチャン、ポチャンと飛び込み、土手の巣穴目指してあたふた泳いでゆく。

「おじいちゃん、この川、別名、『ゴンゴ川』っていうんだってね」

「そうだったかなあ」

「うん、愛生ちゃんがそう言うとった」

「そうか」

「ゴンゴって、このへんの方言で、河童のことなんだろ。じゃっ、河童川ってことじゃないの？　それって、やっぱり、河童がいたんだね、ここら辺にも」

「そうだろうな」

　その時、川の岸の灌木(かんぼく)の間、高く積んだ石垣の上から、ガサガサッと音がして、ドボドボッと黒い液体のようなものが落とされた。バケツみたいな物から。そしてすぐブーと車のエンジン音がした。車が走り去ったのだ。

　それは、「あっ」と言う間、一瞬のできごとだった。ワニの背中を思わせる曲がりくねった流れを、真っ黒く濁(にご)った流れが、白っぽいゴミを浮かせながら水に混じって流れてゆく。

「ああ、ひどいや。犯人、車でもう行っちゃった。誰なんだ、いったい何者だろう」

「あんなんがおるんじゃな、今でも。困ったもんじゃなあ」

おじいちゃんが不機嫌そうにつぶやく。

「今日は水が少ないねえ。昔、こんな流れでほんとに泳いだん？　うそでしょう」

「その先まで行って見たらわかる。今、水は大方、バイパスの川に流しょうるからな。この川は、水門で仕切って調節されとる。田んぼにいるだけ流しょうるんじゃ」

二人は、水門のある土手にやってきた。

「ほんとだ。本流から側溝に流れ込んだ水を、この水門で調節して、要(い)るだけこっちに流しとるんだなあ。へええ。気づかなかったわ。それで川に水が無いわけだ。それにしても、この川、ぐるうっとひどう蛇行しとるな」

「うん。じゃあなあ。向かい原はみな、川の氾濫(はんらん)で堆積(たいせき)してできた田んぼじゃったんじゃ。でも、今は家がたくさん建っとろう。田んぼは少のうなった。うちの田もおおかた無(の)うなった」

「そうだったんだ。だけど見て、土手や川、あっちこっちにゴミがあるね。さっきみたいに、捨てる人がずいぶんおるんだね」

「近頃は、ゴミステーションができとるから、近所の者はそこに持って行きょうるから、まあ、捨てたりはすまあけどなあ。通りがかりの者がぽいぽい、時にゃあ、さっきみたいなのもおるんじゃ。さあ、今日はこの辺で、こっちの道を回って、もう帰ろうか」

おじいちゃんは山裾のバイパス沿いの道を歩きだした。バイパスの川はずっと川幅が広い。しばらく行くと、川の中からバシャバシャと音がする。

（珍しい。誰か、遊んどるんかな。誰だろう？）

土手の木の間からのぞく。小柄なおじいさんがいた。水中の石を提げて、川の石垣沿いに運んでいる。

「いつきてみても、一人で、やりょうる。団地にきた人じゃ。なんでも、この川をホタルのすむ川にするんじゃそうな。朝から晩まで、まあ、ようやる。だあれも手伝うもんはおらんらしいけどなあ」

「へえ、ホタル。ホタルのすむ川って、良いが。昔はこの川にもホタルがいたんでしょ。そう言ようたが、前に」

「ふん。バイパスができるずっとずっと前じゃがな。ホタルはたんと飛びょうた。お前のお父さんらは、タケぼうきを持って、よう捕りょうたもんじゃ。そう言やあ、わしらも子ども時分にはようやったわ。それに魚もたあんとおったけんなあ。よう釣りもして川で遊んだもんじゃった。川漁師が漁をしょうたしなあ」

「川漁師？」

「うん。川で漁をするもんがおったんじゃ、ここらでも。わしも、ウナギやアユやハエを、時々買いに行かされたもんじゃった。ちょっとその家はうちから離れとるからな、自転車でわしがお使いに行かされたんじゃ」

「こんにちは。よう、ご精が出ますなあ」

おじいちゃんが川の中に声をかけた。

「えへへへっ」

そのおじいさんは腰を伸ばして、軽く頭を下げた。そしてすぐまた、石組みに取りかかった。もうそれ以上、とりつく島はないといった風情(ふぜい)だ。

「ふふふっ。ご苦労さま。変わったお人だ」

「だけど、ここにホタルが飛んだら、それゃあ、良いよね」

「そうじゃなあ」

祐樹は立ち止まってそのおじいさんをじっと眺める。おじいさんは黙々と川の石を積んでいる。振り向きもしない。

　その間におじいちゃんはもうずいぶん前を歩いていた。そしてそのうち、出会った団地の人と立ち話を始めた。そこで祐樹は腰をすえて川の中のおじいさんの仕事ぶりを観察する。この辺り一帯は、川にゴミは全然ない。とてもきれいだ。水だってすごくきれいに見える。

（へええ、やればこんなにきれいな川になるんだ）

　だんだん自分もやりたくなってきた。その間、川の中のおじいさんは祐樹の方を一度も見なかった。関係ないって感じだ。山裾のマツの木でアブラゼミが合唱を始めた。日差しが一気に強くなってきた。気づくと、おじいちゃんはもう橋を渡ろうとしている。祐樹は急いでその場を立ち去った。


　その日の午後。祐樹は翔太の家に遊びに行った。岩鼻を回って農道を自転車で走る。翔太の家は川沿いにある。バイパスの川からすぐの本流沿いだ。

　翔太の部屋から、その川はよく見える。川土手にヤナギが茂っていて、川はとうとうと流れている。でも、アシやススキの間に、こちらにもゴミが見える。道路からはだいぶ離れているんだけど。

「ごん太んとこ、川がすごくきれいだったよな。それに、魚が、それも色んな魚がずいぶんおったが。川遊び、すごくおもしろかったなあ」

「ああ、おもしろかった。川って良いよな。それもあんなきれいな川、良いよな。ああ、また行きたいな」

　翔太がなつかしそうに応（こた）える。

「あそこの村、ホタルとかもいるのかな」

「いるんじゃないの。僕たちが行った時には、もう真夏だったし、ホタルの飛ぶシーズンじゃなかったから、気がつかなかったけど。ああ、そうか。カワニナとか、見てくればよかったなあ。ともかく、あの頃、毎日がすげい忙しかった。いっぱいいっぱいだったもんな」

「うん、そうだった。泳ぎと魚捕りに明け暮れて、あっと言う間の四日間だった。それにあんな騒動にも遭遇（そうぐう）しちゃったしな。でも、良かった。楽しかった。ところで、家の近くの団地に、ホタルのすむ川を造るって、頑張っとるおじいさんがおるんよ。毎日、一人で川をつつき回しょうるらしい。ホタルのすむ川って、ほんとにできるんかなあ」

祐樹が言うと、

「知っとる知っとる。僕、昆虫とか、好きだから、川土手をよう一人で歩きょうるもん。いっつもおじいさんが一人川の中で、ごそごそやっとるよ。だけど、『個人のものでもないのに、許可も取らずに勝手なやつだ』って、村の人らから、嫌(いや)がられとるらしいよ」

「へええ、そうなん。それ、知らなかったなあ」

「うん、最近団地にきた人だからな。あそこは祐樹らの村の土地だろ。川って、田んぼを作っとる人らで管理しとるんだろ。村落共同体のものって、いうのかな。じゃから、あのおじいさん、やっぱ、よそ者って感じ、あるんじゃないの。昔から代々田んぼ、作って暮らしとる人らにとってはな」

「そうなん。うちのおじいちゃん、何も言わなんだけどな。そうなんだ。でも、団地の、近所の人らも協力しとらんようじゃなあ」

「団地の人は、自分らのとことは、思うとらんのじゃないん。自分で建てた家のブロックの中だけが、自分のもの、外(ほか)は関係ないんじゃないの。それに、団地内の連帯もあんまりないらしいよ。そんなこと、ちょこっと聞いた」

「誰に」

「いや、誰って」

「愛生ちゃんじゃろう」

「なんか、難しいな。大人の世界は」

「だけど、ごん太の村とまではいかんでも、川をきれいにしたいなあ」

「祐樹もそう思う？　僕、前々からそう思ようたんよ。ホタルって、ほんと、きれいなんだよな。ふわふわ飛ぶのって、すげいきれいだよ。幻想的（げんそうてき）っていうのかな」

「見たこと、あるの？」

「ああ、あるよ。この町内にも『ホタルの里』っていうの、あるもん。祐樹、知らなかった？」

「うん。この町内に？　うそだろっ」

　すると翔太はやおら立ち上がり、机の引き出しから一冊のアルバムを取り出した。そして祐樹の前にぱらぱらと広げて見せた。

「これだよ。これ、去年写したもの。どうだ、よく撮（と）れてるだろ。孝弘君のお兄さんに連れてってもらったんだ、車でね。ずっと行きたかったんだけど、夜だし、ちょっと遠いからな。この写真、僕が撮ったんだよ」

「へええ、すごい。きれいだね。だけど、孝弘君、あいつ、お兄さんがいるんだ」

「うん、お兄さんいうても、従兄(いとこ)らしいよ。近所に住んでる。もう僕らよりずっと年上、社会人だ」

「へえ、いいな。遠いの、そこ。『ホタルの里』っての？」

「うん、自転車ではちょっと遠いな。ホタルは夜だしな。ここからまた一つ二つ山を越えた、旭川(あさひがわ)の支流、大山川(おおやまがわ)の上流なんだ。ごん太ん家(ち)に行く途中に見かけた村にちょっと似てる。小さな棚田が段々に続いていて、イノシシよけの柵を長あく巡らしてたよ。そこ、細い渓川(たにがわ)なんだ。ガード・レールも無いんだよ。限界集落、過疎(かそ)の村なんだ」

「へええ。行ってみたいなあ。ホタル、いっぱい、いた？」

「うん、いたいた。『ホタル祭り』ってのがあってさ、その祭りに行ったんだもん。孝弘のお兄ちゃん、そこに友達がいるんだ。彼女(かのじょ)じゃないかって、孝弘君、言ってたけど。渓川沿いに屋台とかも二つ三つ出てて、カラオケとかもやってたよ。僕、焼き鳥とか食べた。焼きそばも」

「うわあ、いいなあ。行きたかったなあ、僕も。今年は？」

「もう済(す)んじゃったよ。ホタルの飛ぶ時って、そう長くはないんだもん。今年は僕、ああ、祐樹もだけど、ごん太の所でキャンプしたやんか、そっちの方がずっとおもしろかったよ」

翔太はこともなげに言う。でも、祐樹は翔太のホタルの写真を眺め回す。雲間の月明かりに、群青色の渓の斜面に点々とともる薄青い光。二本、いや三本と交差する金色の光の帯。ホタルブクロの花を透かせて留まっているホタルの光。

「きれいだなあ。一度本物、見てみたいなあ」

「来年、行ったらいいが」

翔太がこともなげに言ってくすくす笑った。

「孝弘君に頼んでみたらいいが。孝弘君もめっぽう、ホタル、好きみたいだし。あっ、そうそう、そこ、小さな段々の棚田のそばの渓じゃろ、だからマムシに注意って立て札、あっちこっち立ってたよ。そうして、暗くなると、カジカっていうカエルが良い声で鳴くんだよなあ。ああ、あれも良かった。ガード・レールのない川沿いに、ガラスコップにロウソク立ててんの。ロウソクの灯の道しるべよ。それ、とってもきれいだったよ。まあ、来年だな」

「そうだなあ。でも、同じ町内だったら、ここの川だって、『ホタルのすむ里』にできないこともないよね。あのおじいさんのやってることって、まんざら夢物語ってものでもないのかもよ。これ、いいぞ。『ホタルのすむ川』、造ろうよ。だけど、それには、先ず、川をきれいにしなくちゃあな、問題はそこだよなあ」

「そうだ、そうなんだ。川のゴミを掃除しなくちゃあ、ならないんだ。ふううむ、こりゃあ、大変だぞ」

翔太が窓から川を眺めながらため息をついた。祐樹も並んで見る。おおかみ山の上に入道雲がむくむくと、むきむきボディーのポパイのように手を広げていた。

「いっちょうやったるかあ」

祐樹がおおかみ山のポパイに拳を振り上げる。

「よっし、明日の朝から、ゴンゴ川のゴミ拾い、やろっ。翔太、お前も、やろうや、一緒に。あのおじいさんはあっちのバイパスの川だけだから、僕らは、古い方の川、ゴンゴ川をやろうよ。河童のすんでたゴンゴの川だぜ。まあ、もう水は少なくなって浅い川だけど、岸辺は昔のまんま、草ぼうぼうの土の土手だよ。きれいにすれば、もしかして……」

「そうだ。カワニナはその方がいいんだし、ホタルの幼虫だって、育ちやすいよ」

翔太が手の平をげんこでトンと一つ打った。

「よし、やろう」

二人は目と目を見交わし、両手でパンとハイタッチをした。

〈2〉ゴンゴ川クリーン作戦

次の朝。いつものように、愛生ちゃんの家の庭でラジオ体操をすませた祐樹は、朝食をかき込むと、ゴンゴ川に向かった。おばあちゃんに用意してもらったゴミ袋とゴミをつかむ火箸と熊手を握って。

「祐樹、これ、持って行きなさい」

お母さんが軍手と水筒を持って追っかけてきた。そして、

「何でまた急に。何で、川のゴミ拾いを」

まじまじと、顔を見つめながら問う。不思議に思うのは当然かもしれない。ゴミ拾いの行事なんて、町内会の回覧にも学校通信にも載ってないもん。そこで、お母さんを心

配させないためにも、ここで、きちんと話しておくべきかな、という思いに至った。

「ここの川、ゴミや空き缶なんかがずいぶん落ちてて、汚いだろっ。ほれ、前におじいちゃんが言ってたが。昔は魚が泳いでたって。ホタルもいっぱい飛んでたって。それに、この前、ごん太の村に行っただろっ。あそこ、すごく川がきれいだったんだ。山もだけどね。アユやヤマメがうようよいたんだよ。ニジマスだってさ。あんなきれいな川、いいなあっと思ってさ。それに、この町内にもホタルのいる川があるんだってよ。翔太、そのホタル祭りに行ったこと、あるんだってさ」

「うん、聞いたことあるよ」

「お母さん、知ってたの。そう。翔太、ホタル祭り、すごく良かったって。写真、見せてくれた。ほんと、ほんとにホタルが飛んでんだよ。それ、ばっちり写ってた。すっげえ、きれいだった。だから、だからね、この川も、ホタルのすめる川にしたいなあと思って。翔太と相談したんだ。川を掃除しようって。だから、先ず、ゴミ拾いよ」

「わかったわかった。でも、気をつけてね。怪我、しないようにね。後から、長靴、持ってきてあげるわ。帽子も。それに、こまめに水筒の麦茶、飲むんよ。じゃあ、後で」

お母さんはえらいこっちゃというふうに、あわてて帰っていった。そして間もなく、長靴と使い古したおじいちゃんの手ぬぐいと帽子を提げて、息を切らせながら引き返してきた。

「おじいちゃんにも話しておいた。おじいちゃん、びっくりしてたけど、まんざらでもないって顔だったわ。さっきも言ったけど、熱中症、それに、ガラスとか、気いつけるんよ。草の中にはマムシだっているかもしれんしな、火箸や熊手でよく注意するんよ。わかった」

　橋のたもとに行くと、しばらくして翔太が孝弘と一緒にやってきた。二人とも、ゴミ袋と火箸を提げ、首にタオルを巻き、麦わら帽子に長靴姿だ。ちゃんと水筒も提げていた。

「昨日、あれから、孝弘君に電話したんだ。ホタルのすむ川を造るという計画、話したんだ。だってよ、孝弘君のお兄さん、ホタルの里について詳(くわ)しいんだから。それに、土建屋さんだよ、あそこん家(ち)。僕たちだけではなかなか難しいと思ったんだ。そしたら、孝弘君も『やろう、やろうっ』て、二つ返事で賛成してくれたんだ」

「賛成と言うか、僕も前々から、考えてたことなんだ。三年生の時、『水辺の教室』って、川で生き物観察とかしたやんか。図鑑(ずかん)見てさ。でも、あんまり、何もいなかったやんか。

危ないからって、川にもちょっとしか入らせてもらえなかったしな。空き缶とかプラスチックのゴミとか、ガラスや針金もあってさ。その時、思ったんよ。何とかならないんかなあって。でも、誰も何も言い出さないし。だから、何となく僕も」

「へえ、そうなんだ。良かった。そりゃあ良かった。孝弘君がきてくれたら、鬼に金棒、千人力よ」

「どこから始める？　あの水門の所から、流れに沿って三人で拾っていく？」

翔太が張り切って歩き出した。川の水量はとても少ない。のんびりと突っ立っていたアオサギが慌てたようにギャッとひと声投げて、バッサバッサと飛び立っていった。

「ヌートリア、今日はいないね。そう言えば、この頃見かけないか」

祐樹がきょろきょろ土手を見回す。すると、

「今、水が少ないじゃん、あっちのバイパスの川に引っ越ししとんじゃないの」

翔太はさすがだ、生き物に詳しい。

三人は小川の流れを挟んだアシやガマや雑草の生えた泥の土手を、ゴミを拾いながら歩く。燃えるゴミと燃えないゴミ用のビニール袋に、それぞれ分けながら。燃えないゴミも、空き缶とか金属ゴミ、ビンやガラス、プラスチックとかと色々分けて入れていく。

後でゴミ分別をしやすいように。これは孝弘君が教えてくれたことだった。

「うちのお兄ちゃん、青年団の団長なんよ。だから自治会とかの集まりにも行ってて、ゴミのこと、よく問題になるんだってさ。だから、話したら、分別、後で分けるのってけっこう大変だぞって、教えてくれたんだ」

その時だ。

「あれえ、あんたら、何してんのう」

道路から愛生ちゃんの大声が祐樹らをとらえた。

「見ての通りよ。ゴミ、拾ってんのさ」

孝弘君がぼそっと答える。

「ほおう、やるやん」

「そのうち、ホタルを飼うんだよ。ホタルをここに放すんよ」

翔太が叫ぶ。

「河童もすめる川にすんのよ」

ついつい、祐樹が日頃の思いを口にしてしまった。

「ほう。大きゅうでたなあ。河童がすむって、……それいいなあ」

孝弘が祐樹の目をのぞき込む。

「だって、この川、ゴンゴ、河童の川、ゴンゴ川っていうんだろっ。昔々、河童のすんでた川なんだろ」

「そうだ。よし、私も、やろっ。いいね。入れてね」

そう言うが早いか、愛生ちゃんはもうすたこら家の方に向かってかけ出していた。

「まっ、いいだろ、なっ」

「ああ、同志は一人でも多い方がいいやん」

「あいつ、広げるぞう。うふふふ。広報部長だ」

そこで三人、声を合わせ笑い転げた。

「だけど、草ぼうぼうの所はやりにくいなあ。草も刈らなけりゃあなんないなあ」

「だけどよ、マムシがいるってさ。手で、鎌で刈るのって、ちょっとやばくない」

「そうだよなあ。どうするっ？」

そこへ愛生ちゃんがヒマワリみたいな黄色い麦わら帽子をかぶり、軍手の手に鎌を提げてやってきた。

「そこら、雑草がぼうぼうで、地面のゴミ、取りにくいじゃろ、私が切っちゃるわ」

慌(あわ)てて孝弘が制止する。

「危ねえ危ねえ。マムシがおるぞ。うちの近所のおばさん、この前かまれて、一か月も入院したんだから。まあ、命は助かったけどな。うちのお兄ちゃんがすぐ気づいて救急車で病院に運んだんだから。この頃、多いんだって、マムシ。そこの川端(かわばた)の自動販売機(はんばいき)の下にもいたってよ。サンダルで夜、缶コーヒー買ってて、かまれたおじさんもいるぐらいなんだから。やめとけ。火箸、火箸。手を直接草むらに突っ込んだら、ヤバイ。だめじゃ」

「そう。マムシか。知らんかったわあ。こわっ。じゃっ、草刈りはやめとくわ。お父さんに頼んでみよっと。お父さん、田んぼの畔(あぜ)の草刈り、しょっちゅうしてるもんな、草刈機で。じゃっ、祐樹、あんたの熊手、貸してよ」

「ええよ」

祐樹は熊手を置いたガード・レールを指さす。愛生ちゃんがこわごわ川床(かわどこ)に下りてきて、空き缶を拾って袋に入れていく。ふと思いついた。

(なるほど、農家のおじさんに草刈りをお願いするって手もあるんだな)

この向かい原にはまだ何軒かの田んぼがある。もちろん、うちの田だってある。草刈機で畔の草を刈っている音がしょっちゅうしてるじゃないか。おじいちゃんだってやってたはずだ。これまで、気づかなかったけれど。

「愛生ちゃん、川土手の草刈り、おじさんに頼んでみてよ。ああ、そうか。うちのおじいちゃんだって、やってくれるかもなあ。言うてみようかなあ」

そこで太陽も高くなったので、いったん解散となった。もう十時近くになっていた。少し日差しが陰る、午後四時に再開しようということになった。

家に帰ると、おばあちゃんが待ち構えていた。

「お風呂に入って、汗を流しなさい。それから、おやつにしよう。よう、頑張っとったからね」

台所のテーブルには冷えたジュースが待っていた。おじいちゃんもステテコ姿で出てきて、冷えたお茶をおばあさんと飲み始めた。テーブルの上、お母さんのバスケットにクッキーやおせんべいやチョコレート菓子が盛られている。

祐樹たちが帰ってきた頃、おばあちゃんが足が痛いから座れんと言うので、お母さんが買ってきたテーブルと椅子だ。その後、だいぶ長い間「うちらの暮らしには合いませんから」と、使われてなかったものだが、いつの間にか、皆で使うようになっていた。おばあちゃんは向かいの椅子をテーブルの下に引き込んで、両足を伸ばして座っていたこともあったけど。

そのテーブルを囲んで、おじいちゃんと向かい合った。

「マムシが出るんだってさ。川土手の草むらに。だから草刈機で刈ってもらえないかなあ」

するると、おじいちゃん、こともなげに、

「うん、よかろう。今度、常会で提案してみるかなあ。そうかそうか、丁度いいわ、常会、明日の晩だ。隣の健さんも、『草を刈っちゃらにゃあいけまあなあ』と言ようたしなあ」

「建さんて？　ああ、愛生ちゃんのお父さん、な」

そこで夕方の作業はもっぱら、岸辺へ流れ着いている枯れ木や壊れた土管とか、引っかかってる発泡スチロールの箱などの片付けになった。

「祐樹よ、ホタルが飛ぶのももちろん良いけど、今朝言ってた河童のすむ川ってのも良いやん。めっちゃおもしろいわ。ごん太君と過ごしたあの洞窟、思い出すなあ。何か、あんな感じの洞窟とか、それに、そうそう、あの川の淵よ。あんな深みが作れたら最高だよな」

突然翔太が夢みるように目を輝かせて言う。

（そうだ、そうだなあ）

黙って、うなずく。

だんだんと日が傾いてきて、真っ赤な夕日がおおかみ山の向こうに沈みかけた。するといつやってきたのか、そんな夕映えの里の、祐樹たち四人の上空を五、六羽のカラスがカーカーと鳴き交わしながら、しきりに飛び回り始めた。

〈3〉ゴンゴのすみかを造ろう

次の朝、ラジオ体操をすませ、愛生ちゃんと一緒にゴンゴ川に出かける。すると、そこに、何と、何と、ごん太がきていたのだ。

「おい、どうしたん。突然に」

祐樹はめんくらって叫んだ。愛生ちゃんもびっくり顔。

「手伝うよ。俺だって、気にかかってたんだから」

「だけど、えっ、ごん太、昨夜(ゆうべ)はどこに泊まったん？　連絡、くれれば良いのに。家にきてくれれば」

ごん太は祐樹の手をぐっと引き、耳元でささやく。

「あそこよ、あの秘密基地。まだ使えるぞ。囲いは壊れちゃってるけど、昨夜はかえって涼しくって快適だった。お前もまた、上ってこいよ。こっそりな。俺、あんまり知られるの、好きじゃないんだ」

「うんうん、よし、わかった。黙っとく。聞かれたら、お前はうちにいるってことにしとこう。二階だ。僕の部屋。お母さんは昼間はいないから。ふふふっ。うれしいなあ。またごん太と鬼山のあそこで一緒にやれるんだ」

「なあに、また二人だけでこそこそして。私も仲間に入れてえな」

愛生ちゃんが割って入る。

「うん、まっ、またな。あっ、翔太がきた。孝弘も」

二人がちょうどやってきていた。翔太が気づいて、

「あれっ、ごん太。やあ、この前はありがとう。今日は、どうしたん。遊びにきたんか」

ぱっとかけ寄った。孝弘が不思議そうにそんな三人に目をやり、

「だあれ？　祐樹、この人、誰なん？」

と、ごん太をじろじろ見ながら近づいてくる。愛生ちゃんが祐樹を押しのけ、ごん太をかばうようにその前に立った。

「友達。この前、夏休みの初め頃、この人の村にうちら三人、行っとったんよ。森でキャンプしたんよ」

「ああそうか、新聞に出とった、あそこだな。強盗三人を見つけて警察に知らせたっていうあの事件の」

「そうそう、そうなんよ。この人、ごん太君っていうんだけど。危ないところを助けてくれたんよ、なあ」

翔太を振り返る。

「うん、そうだ。こいつ、すごく勇気があって、しかも勇敢なんだ。今度の強盗団逮捕の、一番の功労者よ」

「そう。だけど新聞にはお前ら三人だけしか載ってなかったよ。ごん太君っていうの、この人。この人載ってなかったよ。『少年少女の三人』と、それだけしかなかったよ」

「うん、らしいな。こいつ、照れ屋なんだ。人前に顔出すの、あんまり好きじゃないんでね。知らない人がくるとすぐいなくなっちゃうんだ。それで、たぶんね。うん、そうだよ、きっと」

「そう。君、ごん太君というんだね。わかった。それで、今日は？」

「うん、僕らの作業を手伝いたいって、それで。しばらくはうちにおると思う。なっ、ごん太」

「あっ、うん。まっ、そういうこと、だな。よろしく」

「じゃあ、始めようか。もう、土手や川原はきれいになってきたから、今日から川の中に入って、ゴミとかを取り除くことにしようや。孝弘君、いいよね」

祐樹の提案にみんなも「うん」と同意、早速ジャブジャブと上流に向かって本腰を入れ、ゴミ拾いに取りかかった。ごん太は祐樹と一緒に行動する。一緒のゴミ袋を使うことにしていたから。だけど翔太も何となくそばにくっ付いて一緒に行動していた。

ゴンゴ川の大きく蛇行している辺りにやってきた時だった。ごん太が、川の曲がり角の川床に頭を出している、数個の岩をしきりに気にして、岸に打ち上げられていた杭（くい）で掘り起こそうとし始めた。

「ごん太、その岩をどかすのか。無理だろう。やめとけよ。深く泥や砂に埋まっとるよ。この際、岩はもうええが。ほっとこうよ」

祐樹が先へと促(うなが)すのだが、ごん太はがんとして動こうとしない。「うーんうーん」とおもやっている。

「おい、なんな、その岩、掘ったほうがええんか。まあ、やりたけりゃあ、やりゃあええけど。大変だぞ」

「祐樹、この岩、見覚えがあるんだ。そう、そっちのも。それに、そこのも。前は砂地に立っとった岩なんだ。それらの岩の前を川が蛇行して流れていて、この辺りは深く掘れとって、淵になっとったんだ。俺、思い出したんだ。そこに俺の家があったんだ。そうなんだ。俺、父ちゃん母ちゃん、それにじいちゃんばあちゃんと五人で暮らしてたんだ。俺にとっては、ちょっとの間だったけど、とてもなつかしい場所なんだ。俺はまだ小さかったから、あんまりよくは覚えていないんだけどな」

「ふうん、そうなんだ。そりゃあ、なつかしいよな」

「うん。でも、この川、もうすっかり変わっちゃってる。だけど、この青っぽい岩には、なんか見覚えがあって」

「そうか。じゃあ、何とか、やってみようか。皆でやればできんことはないだろうけど。何かいい知恵(ちえ)はないかなあ」

そこに翔太がすっと近づいてきた。

「この岩、どけるの？　どけたいの？」

「ああ、なあ、ゴンゴ川だろ。ゴンゴのすみかを造ったら楽しいだろうなと話してたんだ。そこいらの、埋まってる岩を起こして、寄せ集めて、すみかを造れんかなあって。翔太は、どう思う？」

「ゴンゴのすみかか。そりゃあ、おもしろいよな。だけど、ちょっと難しいぞ。この岩、でか過ぎるがな。僕らの力じゃあな。待てよ、そうだ。孝弘くーん。ちょっとう」

翔太は先を行く孝弘君に声をかける。

「孝弘君のお兄さんのこと、この前も言ったろ」

「青年団の団長さんだろっ」

「うん、仕事の方よ、土建屋さんだって言わなかった？　ブルドーザーとかショベル・カーとかで、道とか橋とか造ってるんだぞ」

そこへ、孝弘と愛生ちゃんが寄ってきてせいぞろいした。

「ねえ、孝弘君、この川、きれいにしてホタルのすめるようにするんだけど、ここ、もともとゴンゴ川っていう川なんだろ、だったら、いっそゴンゴのすみかみたいなのも造ったらどうだろうね。ここら辺に埋まってる岩を掘り起こしてさ。どう思う？　君は」

「ほほう、ええが、おもしろそうじゃん」

　愛生ちゃんが川底の岩の先っぽに触りながら、孝弘に代わって先ず叫んだ。つられて孝弘も岩を熊手でつつきだした。ごん太はその間もずっと岩を掘り続けていた。そして、ついに小ぶりの一つを掘り起こした。そんな様子を眺めやりながら、孝弘がやおら口を開く。

「そうそう、最近、田んぼを作ってる連中から、『川をきれいにせんといけんぞ』という声が、だんだん上がってきとるってよ。何か、自治会でも提案しょうや、ということになっとるらしい。じゃから、それが決まったら、常会のメンバーが草刈りや川掃除をするってよ。それで、お兄ちゃん、自治会の青年部にも『手伝おう』と、声をかけようかと言ようた」

「それそれよ。孝弘君、そこんとこ、お兄さんをぐっと後押ししてみてよ。そして動かしてよ。なっな、祐樹、そうじゃろ、お前もそう思うじゃろ」

「私も賛成。お兄さんらを動かしてえな。じゃけど、草刈りと川掃除の方は、県の方からもう町に要請がきとるんじゃてえ、なんか農地水の保全事業とかいうて。お父さんがそんなこと話しとったで」

「いやあ、そりゃあ、好都合じゃなあ。ごん太、良かったな」

「あれっ、ごん太さんも、良かったん？」

「そりゃあそうよ、手伝いにわざわざきてくれたんじゃもん。ごん太だって同じ気持ちよ、なっ、ごん太」

ごん太は軽く笑いながら、うなずいた。

「今晩じゃろ、常会は。たぶん決まるわ。お父さんが言ようた。草刈りとか川掃除に、日当というお金が役場から出るんじゃて。早速、明日が日曜日じゃから、明日、一軒の家から一人が草刈りに出るんじゃないの。よかったね。うちらの計画、これでずいぶんはかどるがな」

そこで、今日の作業はそこまでとし、祐樹はごん太をともなって家に帰った。そんな子どもたちの様子を、ずっと前からじっと眺めている者がいた。おじいちゃんだ。川土手に腰をおろして、おじいちゃんは昔の思い出をひもとくように、ごん太をなつかしそうに眺めていたのだった。

「お帰り。ごくろうさん。暑かったろう。あらっ、お客さん？　お友達？」

おばあちゃんがにこにこと台所のテーブルにジュースを用意してくれる。そこにおじいちゃんが奥からすたすた現れた。そしてごん太の顔を見るや、

「おうおう」と顔をほころばせた。

「ごん太君だよ。ほら、友達の。あのおおかみ山の」

するとおじいちゃん、（あれっ、そうだったのか）という顔で、ふむふむと一人うなずき、

「やあ、いらっしゃい。よくきてくれたね。この前はうちのぼうずがたいそうお世話になったね、ありがとう。今度はわしんとこでゆっくりしていってくれよな」

と、ほほえんだ。そしてなんともなつかしいというふうに、ごん太の姿をしげしげ眺めていた。そこで、祐樹たちはジュースを飲むと、アイスを持ってそそくさと二階の祐樹の部屋に移動した。

「祐樹、悪いけど、俺、今晩もあの秘密基地に行くよ。いいだろ。人間の大人って、ど

うもにがてなんだ」

「うん、そうだな。じゃっ、僕も一緒に行くよ。いいだろ。じゃあ、これから、準備するわ。おじいちゃんにもそう言うてくる。おばあちゃんにごちそうとか、準備させるかもしれんから、急いで、その前に」

祐樹が階下に下りると、おじいちゃんはまだ台所でおばあちゃんとお茶を飲んでいた。

「おじいちゃん、ごん太に構わんといてね。僕ら二人、今晩から鬼山の秘密基地でキャンプするんだから。こっちにおる間は、キャンプよ。いいだろ」

するとおばあちゃん、びっくりした顔で、

「まあ、せっかくきてくれたのに、キャンプだなんて」

と、おじいちゃんに同意をもとめた。すると、

「いやいや。そうか。それもいいだろう。いる物があったら、何でも持っていけよ。おばあさん、用意してやんなさい。そう長い間じゃあるまいし」

「ええっ、いいんですか、おじいさん」

そんなおばあさんには目もくれず、おじいさんは何か一人悦に入りながら、黙ってうなずいている。そこにごん太がトントンと下りてきた。おじいちゃんはごん太をまぶし

そうに眺めながら、

「また、あんたには世話になるな。よろしく頼みますよ。キュウリとかトマトとか、いる物があったら遠慮なく言うてくださいよ。ああ、そうだ。近所の範ちゃんからアユをもろうとったぞな。ばあさんに言うて塩焼きにでもしておこうかな。……そうじゃ、ちょっくらスーパーに行って、何か買うてこようか」

とやおら立ち上がった。

「いいんだ、いいんだよ。そっちは僕がするから。それよか、ごん太はうちに泊まっとることにしといてくれん。愛生ちゃんがきたがると思うから。今、愛生ちゃんは、たぶん無理でしょ。だから、翔太にも内緒にしたいんよ。そこんところ頼むわ、いいよね」

真剣な目でおじいちゃんを見つめると、おじいちゃんはうんうんとうなずいた。

そこでリュックにこの前と同じように荷物を詰め込んで、紙袋にとりあえず、お米とパン、キュウリやキャベツやトマトなどの野菜、それに、卵やウインナなどを入れて、こっそり例のあの山に向かった。

「これ、おこづかい。持っていきんさい」

おばあちゃんがポケットにしわくちゃのお札を押し込んでくれた。祐樹が裏門から出

ようとしていると、おじいちゃんがもう外で待っていて、「気いつけてな」そう言って、

「ごん太君となら安心じゃがな」

とつぶやいた。そして、

「なつかしいんじゃ。わしも子どもの頃、ごん太に会っとったんじゃよ。それをさっきようよう思い出した。ゴンゴ川の洗い場でじゃった。夕方じゃったな。親父(おやじ)にしかられて、わしがしょぼくれとった時じゃった。タケやぶの中、夕日に立っとった。逆光でちらっとじゃけど姿を見た。こっちを見とったわい」

小声でささやいた。

「あっちはわかるまいな。ははは、わしはずいぶん年取ったからなあ」

祐樹は、おじいちゃん、どうかしたんじゃないのかと、おじいちゃんの顔をまじまじ見返す。その時、なあんかおじいちゃんがちょっぴり若返っているように見えた。

「じゃあ、行ってくる。明日朝、帰ってきて、川の清掃に加わるから。えっと、七時からだったよね」

そう言うと、急いでごん太のあとを追いかけた。

秘密基地に行くのは久しぶりだった。ごん太が行ってしまって、いくら何でもこんな山の中、一人ではやれなかった。寂しすぎる。といって、このごん太との秘密の基地を、翔太や、まして愛生ちゃんなんかに教える気にもなれなかった。だから、去年の夏、一度だけやってきて、それっきりになっていた。

基地はあのままだった。囲いの段ボール壁は外れ落ちていたけど、床には乾いた落ち葉がふわふわにたまっていて、頭上に重なった枝々に緑が良い具合に日陰を作っていた。初秋の風が心地よい。祐樹持参の鍋や食器はあのままだ。

「ひと眠りしないか。夕食の準備にはまだ時間がある。それに昨夜作った魚鍋がまだ残ってるんだ」

ごん太がごろりと落ち葉のベッドに寝転んだ。

祐樹も隣に寝転ぶ。二人でいっぱいいっぱいの広さだ。

「おじいちゃんがね、『ごん太のこと、昔会ったことがあるみたいだ』なんて言い出したんだ、ぞっとしたよ。この前会ったのを、勘違いしてんのかな。何と言っても齢だから」

「そう、そんなこと言ってたか。でも、まんざら勘違いでもないかもよ。ずっと小っちゃい時、俺、あそこにいたもん。俺、その頃はうろうろ歩き回っていたからな。そう言えば、お前によく似た子を、なあんか見かけたような気もするなぁ」

「洗い場で見かけたって。タケやぶの中に消えたって」

「そうか。だから、その後急いで引っ越ししたんだな、俺たち。おい、もう寝るぞ」

そうしてお寺の鐘(かね)が五時を打つ頃、二人はあの湧き水の沢で夕飯の用意にかかった。山には枯れ枝がそこら中に落ちていて、薪には苦労しない。鍋で米を炊き、ごん太持参の魚の干物(ひもの)をあぶり、鍋を二人でつっついた。


次の朝、二人が山道を駆け下っていると、もう村の方から草刈機数台のうなる音が聞こえてきた。常会の草刈り清掃作業が、七時を待たず始まっていた。そして、ガタゴト、ガタゴトとブルドーザーやショベル・カーが川さらいをし始めていた。孝弘の兄ちゃんたち、自治会の青年部員たちだ。土手に農業用軽四トラック数台も止まっている。タケぼうきやコマザラを持って駆け付けてくるおばさんの姿もちらほら。

「急ごう」

「みんな、えらい早いんだなあ」

二人は川端へと急いだ。

「おはよう」

愛生ちゃんと翔太がとんできた。

「孝弘君のお兄さんたちが、埋まってる岩を掘り起こしてるよ、すごいぞ。昨夜から水門閉めてるらしい。もうほとんど水がないし、土木機械って、すごいな」

「よっしゃ、見に行こう」

ごん太がひらりと川床に飛び下りる。祐樹も続く。蛇行した角っこの辺り、ガーガー、ゴトゴトという音をたてて、ショベル・カーが岩を掘り出していた。

「あっ、その岩だ。その尖(とが)った大岩を、岸にそって立ち上がらせて。ああ、それに、あっ、あった。あそこの牛の背みたいな岩を、その前に置いて。それに、それに、あれあれ、あの丸っこい岩を大岩の横に」

ごん太が目を輝かせて叫ぶ。でも、

「危ない危ない。おい、そこの子どもら、危ないから、のけとって。いいから、もう邪(じゃ)魔(ま)せんように」

騒音の中、ブルドーザーのお兄さんがどなった。

「ああ、さあさあ、子どもたちは、土手に上がった上がった。あんたらは、機械が掘り返して行った後の川底で、ゴミを拾ってね。よう気をつけてやるんよ。金物やガラスの破片（はへん）があるかもしれんからね」

「谷口さーん、谷口のおじさーん」

愛生ちゃんのお父さんがおじいちゃんを大声で呼んでいた。愛生ちゃんのお父さんやうちのおじいちゃんたちは草刈りの最中だった。おじいちゃんもこの日ばかりは、いやに張り切って草刈機を動かして働いていた。

「谷口のおじさん、この刈った草、どうします。女の人らがはき集めてくれとるんですが。なにぶんこの量ですからなあ。大変ですぞ」

「ええ、ええ。このままここに広げとけえ。一週間もすりゃあ、よう乾くがな。それからわしらでトラックに積んで、うちの田んぼで焼きゃあええ。うちの田、ここ二年ほどイネを植えとらん。草ぼうぼうじゃ。一緒に燃やしゃあええが。その前にうちも急いで草を刈っとくけえ。やれやれ、こりゃあ、忙しゅうなるぞ」

おじいちゃんが大声で答えていた。

「そうかな。じゃあ、そうしょう。そんなら、来週の日曜日にまた集まろうか、皆で。いや、四、五人ですりゃあええわ。まあ、皆に適当に、声をかけときますらあ」

「そうか、そんなら頼まあ」

その時、

「休憩。お茶にしましょうでえ」

お茶当番らしいおばさんがふれ回っていった。

祐樹ら五人は土手にかたまって腰を下ろし、配られたペット・ボトルのお茶を飲んだ。愛生ちゃんが手提げからスナック菓子を取り出し、祐樹らの膝に配ってくれた。

そうこうするうち、清掃作業は一気にはかどって、お昼前には終わった。役場から補助金が出るという、この農地水保全事業はこの後もずっと続くということだ。大体二、三カ月に一度ぐらいのペースで行われるということだった。一方、孝弘君のお兄さんらの方は、祐樹らの言い出した『ホタルのすむ川づくり』への協賛という形で、明日も引き続き、残りの続きをやるということらしかった。祐樹が翔太に話した『河童もすめるゴンゴ川』の話も、孝弘君を通してお兄さんにも伝わっていたに違いない。

「祐樹、昼飯はうちで食べようや。ごん太君も誘ってな。なあ、それでえかろう、ごん太君」

そう言っておじいちゃんが熱心に勧めるので、祐樹はごん太を誘って家に戻った。お

母さんがチャーハンを作って待っていた。食事の後、縁側でスイカを食べていると、

「ちょっと」

おじいちゃんが手招いた。

「祐樹、ごん太君、『岩をどうやらせい』と言ようたそうじゃが、それをごん太君に書いとってもらったらどうかなあ、紙にでも。わしも少しは覚えとるが、少々おぼろでなあ。この際、ごん太君の好きなふうに、岩を配置したらええと思うんじゃが。言うてみとい てくれんかや」

「そう。そりゃあ、ええわ。ごん太が喜ぶわ。うん、じゃあ早速」

そこで、ごん太は画用紙に向かい、昔を思い起こしながら岩や淵や流れを色鉛筆でさらさらと描(か)いた。それは今の川とは全く違った、木々に覆(おお)われた、そして丸っこい岩のごろごろした川だった。所々に深そうな淵があり、岩の間を青く澄んだ水の流れが走っている。岩陰には魚の群れが泳いでいる。おじいちゃんに見せると、

「そうだったかなあ。ふうむ。ごん太君、おじいちゃんよりは、もっと年とっとんかもしれんな。よっし、この絵を宏(ひろ)ちゃんに見せとこう」

「宏ちゃんて」

「ああ、お前の新しい友達、孝弘君のお兄さんだ」

「あっそう。じゃっ、お願い」

祐樹とごん太は、村が夕映えに染まる頃、秘密基地にと帰っていく。途中、川の近くの山を、また数羽のカラスがしきりに飛び交っていた。鉄塔（てっとう）のてっぺんにひときわ大きなカラスが一羽いて、ガーガーと鳴いていたが、突然さっと羽を広げて飛び降りた。その姿が祐樹にはまるで天狗の姿に見えた。ごん太ん家（ち）で見た、とんがった長い鼻とぎょろ目の、あの天狗のお面が頭をよぎっていた。

その夜、思いもかけず、タヌキのピピが基地に現れた。久しぶりだった。旅行から帰ってからずっと、祐樹の家にも姿を見せていなかった。

「おい、お前さんのお友達のお出ましだよ」

の、ごん太の声で、その姿に気づいた。びっくりした。イチョウの樹の小屋から下をのぞくと、ピピがこちらを見上げていた。

「ピピ、どうしたんだ？　しばらく見なかったけど」

と言うと、「くーんくーん」と鼻を鳴らす。ごん太があんパンを下に放ると、小さな子ダヌキが三匹、ガサガサッと草むらから現れてきて、「キャンキャン」と争ってパンにかぶりついた。

「そうか、ピピ、お前、お母さんになっとったんか。そうかそうか。そうだったのか。へえ、良かったね」

祐樹は樹から滑り下り、ピピの頭をなでてやった。子ダヌキたちはさっと飛び去り、草むらに隠れてしまった。ピピがそのあとを追っていった。戻ってくるかと思ってしばらく待っていたが、それっきりピピは現れなかった。野生に返ったのだ。

三日が経った。孝弘君の兄さんらの作業もあらかた片付いた。ごん太の描いた図を参考に岩が配置されていた。そして水門も開けられ、川の水がうねうねと大蛇のように光って流れていた。

「どうだ。これでいいかな」

祐樹が聞くと、ごん太はちょっと寂しそうに、

「ありがとう」

ぽつりとひと言。それだけだった。やっぱり、そうだろうなと思った。

そして、いきなりだ。

「そろそろ帰るわ。お前も、これから宿題、忙しいんだろ」

キャラキャラ、笑った。

「見送らなくていいよ」

と言うごん太と、その晩、ゴンゴ川の土手で別れた。また、突然の、そっけない別れだった。

「また、俺の村に遊びに来いな、じゃっ、バーイ」

そう言うと、ごん太は笑顔で手を振った。そしてとっとと山道に駆け上っていった。

二学期が始まった。愛生ちゃんが「おはよう」と、誘いにやってきた。二人は並んで通学路の川土手を行く。刈られた草もすっかり片付けられ、川は見違えるほどきれいになっていた。

「ゴミを捨てるな」「犬のふんは持ち帰ること」の、立て札もあちこちに立っている。

「ねえねえ、聞いた。県の何とか課の技師の人がきてね、今度、ホタルの幼虫を放すことになったんだってよ。いよいよ、ほんとに『ホタルのすむ川』になるんだね」

「そうなると良いけどね。あっちのバイパス川の『ホタルの里』はどうなるん?」

「さあ、おじいさん、今も一人で頑張ってるから、そのうち、一緒になるんじゃないの」

そうするうち、岩鼻の交差点に向かってくる、翔太と孝弘の姿が見えた。そこで、二人は急いで岩鼻にと走る。そして四人は連れ立って学校へと坂道を歩く。

「この前の清掃作業の写真、見せてもろうたんよ。お父さんが役場に出すっていう書類につける証拠写真よ。うちらも写っとったで。祐樹、ええように撮られとったよ。もちろん、常会のおじさんらがメインじゃけどな。孝弘のお兄ちゃん、めっちゃハンサムに写っとったわ」

「僕は」

孝弘が指で自分の顔を指差す。翔太もそれをまねる。

「うんうん、二人とも写っとったよ。だけど、……ごん太が見えんのんよ。確かに、祐樹の側にいたはずよ。なあ」

「ふふっ、シャイじゃから、ドロンとまた逃げとったんじゃろう」

祐樹がそう言うと、

「そうかなあ。そんなはずはなかったけどなあ」

いぶかしそうに愛生ちゃんは首をかしげた。

「ええが。ごん太、もう、帰ったんだよ。皆によろしくって。そうそう、孝弘君、お兄さんの宏さんに、お礼言うといてって。ほんとにありがとうって」

「何言よん。皆でやろうって、やったことじゃないの。お前らばあ、ええかっこするな」

「えっ、ごめん。そうかそうか、そうだった」

祐樹がこつんとげんこつでひとつ自分の頭を打つ。

「これからも、僕ら四人で川を守っていこうぜ」

くっくっと、うれしそうに翔太が肩をゆすった。

「『ホタルのすむ川』の実現に向けて」

と祐樹が言うと、

「おう、頑張ろう」

三人が同時に叫んだ。

第二話

棚田の村の少女

(1) 棚田の村に

「もう間もなくだよ。下りる準備をしょうかね」

あみだなからボストン・バッグを下ろし、

「ほれ、あんたの荷物」

おばあちゃんがドサッとかおりの膝にピンクのリュックを置いた。

かおりは東京の郊外でお父さんお母さんと暮らしている。いや、いたのだ、ほんの数日前まで。そのマンモス小学校でこの春四年生になった。それが突然、田舎のおばあちゃん家で、暮らすことになってしまった。今日、おばあちゃんに連れられ、たった一人、おばあちゃんの家に向かっている。

おばあちゃんにはぐれないようにと、そればっかり。夢中で付いて回った今日一日がふっと頭をよぎる。大変だった。ようやく今、おばあちゃんの住む町のある、県庁所在地に、新幹線は着こうとしていた。

キンコン、キンコンカーン。車内アナウンスに促(うなが)され、おばあちゃんに付いてホームに降り立つ。片方に大きなボストン・バッグ、もう片方に手提(さ)げ袋を持ち、ホームの人混(ご)みを小走りに行くおばあちゃん。そのおばあちゃんを追って、また、乗り降りに行き交(か)う人にもまれながら必死で歩く。でも、階段を上がって陸橋を渡り、駅の一番端(はし)っこのホームに降りて行く頃(ころ)には、あんなに多かった人だかりも急にまばらとなった。エスカレーターから、停車しているオレンジ色の二両のディーゼル・カーが目に入った。ぱらぱらと駆(か)け込(こ)んで行く人が見える。

「ああ、良かった。間に合った。さっ、急ぐよ」

おばあちゃんにせかされ、そのディーゼル・カーに乗り込む。車両の両窓ぞいの長いベンチは、もうおおかた人で埋(う)まっていた。

「こっち、こっち、こっちだよ」

車両の後部でおばあちゃんが呼んでいる。すらりと背が高く、細くとがった顔。眼鏡をかけた目がどこか鋭(するど)い。黒のレースの上下をまとっている姿は、まるで魔法(まほう)使いのおばあさんだ。

やがて、オレンジ色に沈む夏の夕日を浴びながら、ディーゼル・カーは北に向かってゴトンと走り出した。

ゴトンゴトン、ゴトンゴトン。

レールをつなぐ線路のきしむ音は、ますますせわしなくなり、やがて車両は山間を川に沿って走りだした。

ゴオー、ゴーとあえぐようなトンネルの音を抜けると、線路の幅ほどの狭い空。窓すれすれに、クズの緑がおいでおいでと手まねく。段々に積み上げられた石垣。その上の棚田に、夕日の色が薄紫に暮れてゆく。

窓からずいぶん下に見えてきた川の岩の上に、黒い鳥がいて、それは後でカワウだと聞いたが、闇の使いのように、不気味に羽をひらひらさせていた。

ディーゼル・カーは、がらんとした無人駅に時々停車しては、何人かの客を降ろし発車する。その単調な繰り返しはずっと続く。いつしかかおりは鉄路のきしみに身をゆだね、うとうとし始めた。

考えてみると、ここ数日、かおりにとっては信じられないような慌ただしい日々であった。自分に、家庭に何が起こったのか、そして自分がどうなっているのか、ほとんどわからないまま、この数日をやり過ごしている。

（何も考えられない。でもそのうち、ばかな夢を見ていたもんだ、と思える日がきっとくるわ）

そう自分に言い聞かせ、お父さんに言われるまま、厳しい校長先生みたいなおばあちゃんに背を押されるまま、ここまでやってきたかおりだった。

四年生の夏休み。クラブ活動でようやくできた友達と、バドミントンの練習に通うことになっていた。これまで友達のいないことを心配していたお母さんが、とても喜んでいた。両親とは海に行く約束をとりつけていた。そんな折、お母さんが持病の喘息の発作で突然真夜中に入院、あっけなく亡くなってしまったのだった。

「どうして、どうしてお母さんがいなくなっちゃったの」

「ねえ、どうしたの。ね、どうして死んじゃったの」

その答えは未だわからないままだった。お葬式があって、かおりはお母さんの田舎のおばあちゃんの所に引き取られることになった。悲しみに打ちひしがれ、すっかりやつれてしまったお父さんが、少し落ち着くまでということで。実際お父さんは食べないし、あまり眠(ねむ)れていないようだ。休養が必要だった。一人で家を守るには、かおりは幼過ぎた。

どのくらい眠っていただろうか。かおりがぼんやり目を開けると、車両はやけにがらんとしていた。ちらほら、勤め帰りらしい人が見えるだけで、他には乗客の姿はなかった。窓の外はすっかり暗くなっていた。鉄路に沿った山間の道を、黄色い車のライトが時折すうっと過ぎて行くばかり。

「着いたよ。下りるんだよ」

の声で、夢遊病者のように立ち上がり、ディーゼル・カーから下りる。ここも無人駅だった。人っこ一人いない改札口を、おばあちゃんに付いて通り抜け、まっ暗な駅前にと歩み出た。濃紺(のうこん)の空に、夏の星座がやけにちかちか刺(さ)すように鮮明(せんめい)に見えた。

「さあ、行きましょう」

倉庫らしい建物の裏の駐車場(ちゅうしゃじょう)に、ぽつんと一台止まっていた白い乗用車に乗せられた。おばあちゃんの愛車らしい。

「シート・ベルト、しめたね」

りんとしたひと声に、カー・ラジオの騒々しい声も引き連れて車は発車。黒っぽい山間の、田んぼの中の道を車はひたすら走る。窓の外を、笠をかぶったようなおぼろな半月が、どこまでも付いてくる。四十分ほども走ったろうか。

「ああ、やれやれ、帰ったわ。わが鬼山館に到着だ」

生き返ったというようなおばあちゃんの声に、かおりは車外にはじき出された。

こんもりとした黒い森をバックに、背の高い土塀で囲まれた館がそびえていた。土塀の古そうな門の開き戸をギィッと開け、その先の白っぽく光る石畳の道をひたひた玄関に進む。取り囲む暗い庭には、見上げるほどの大きな樹々がじじっとかおりを見下ろしているみたいだ。しーんと物音ひとつしない。深い海の底にずっと昔沈没し、長い長い眠りについているような黒い館。魔法使いが住んでいるといっても不思議ではないって感じだ。

目が闇になれてくると、青い小さな明かりがぽっちり点いているのが、カーテンごしに見えた。真っ暗な海底に生息する深海魚の点すランプのようだ。

（ああ、やだー。これからこの館で、このおっかなそうなおばあちゃんと暮らすなんて）

ザアーと冷たい夜風が肩ごしに髪を吹きあげ、かおりはぶるっとひとつ身ぶるいした。後ろの森のタケやぶがザワザワッと、小鬼がつっつき合うようなふうに鳴った。

玄関を入ると、長々と見える廊下のその暗闇の奥に、おばあちゃんは吸い込まれるようにと消えた。体を石のようにこわばらせ、かおりはその場に立ちつくした。

ボーンボーンとどこかで柱時計らしい音がする。しばらくしておばあちゃんは現れた。別人かと思われるような着物姿。なんだか見違えるほど若やいでいる。そのおばあちゃんが廊下を音もなく行く。六番目の部屋に通された。かおりはもう疲れきっていて、泥のように、その部屋の隅のベッドに身を横たえた。

（もう、どうでもいいわ。今は何も考えまい）

そのまま暗い深い穴に落ちて行くように眠りについた。

カッチカッチ、カッチカッチ。

時を刻む振り子の音。周りは海底の青い潮流。

「さあ、おいで。かおり、浮かび上がっておいで」

そんな声を聞いたような気がした。ふっと目を開けた。暗闇から誰かがじっと見つめている。でも不思議なことに、その眼差しは決して冷たいものではない、むしろ何か温かいものに感じられた。おびえながら暗闇をじっと見回す。

（ここはいったいどこだろう）

「くーくー」という寝息が聞こえた。闇に目が慣れてくると、それはおばあちゃんだとわかった。向かいのベッドにおばあちゃんが寝ていた。ろうそくのろうのような高い白い鼻。細い顔。その顔は死人のように眠っていた。

「どうしたんだい」

そのおばあちゃんが突然頭をもたげ、蛍光灯のひもを引いた。

「トイレ」ほんとにトイレに行きたくなっていた。

「部屋を出て、廊下をまっすぐ、突き当たりだよ。一緒に行こうか」

「ううん、大丈夫。一人で行ける」

青い豆電球のともる廊下に、かおりは一歩を踏み出した。廊下を照らし出す青っぽい窓の月明かりに導かれるように、しぃーんと寝静まった館をこわごわ、ひたひたと歩いていく。トンと音がした。続いて小さく、トントントントン。前方に黒い小さな影。きらっと光るまん丸い目。ネコだった。二階から階段を下りてきたようだ。ネコはしっぽを立てて、ゆうぜんと暗闇に消えていった。

クイッ、クイッ、クイックイッ。金属のすれ合うような音が裏庭の方からかすかに聞こえる。何の音だろう。背伸びをして手洗いの窓から裏庭をのぞく。大きなカキの樹の繁茂した葉が月光にまだらな影を落とす、水底のような青白い庭。月光にぼうっと浮かび上がるようにブランコがゆれていた。少女がひとりブランコをこいでいた。そばにゴザが敷かれていて、ままごと遊びの小さな道具が散らばっている。まな板、包丁、お皿やお茶碗。おかっぱ頭の市松人形、それに金髪の青い目のフランス人形も。少女は亜麻色の髪を風になびかせ、何か歌を口ずさみながらブランコをゆすっている。こんな夜更けにたった一人で。なんか急に胸がざわついてきて、急いで廊下を戻った。おばあちゃんはもう規則正しい寝息をたてていた。黙ってそっとタオルケットに潜り込んだ。

　コトコトとなる風の音。小鳥の声にかおりは目覚めた。真上の赤黒い天井板に夏の朝の光が踊る。太い梁をはう電気コードの白い陶製の留め具が光った。この館はよっぽど古い家のようだ。

　突然、昨夜見たブランコの少女を思い出した。急いで廊下に出、あの窓辺に走った。裏のタケやぶから差し込む朝の光。朝日にぬれたような庭にはブランコなどなかった。もちろんあの少女も、人形たちも。

おみそ汁のかおりが漂ってきた。食器のすれ合う音がする。

「かおりちゃん、ごはんだよ」

おばあちゃんが呼んでいる。おばあちゃんとの暮らしがスタートした。

おばあちゃんは朝の早いうちに畑仕事をする。

昼間の暑い間は裏庭に面した廊下の長椅子でお昼寝だ。

かおりは眠れないまま、ぶらりと庭に出た。屋根をゆうに超す庭木々。その葉陰は日盛りでも意外と涼しい。庭石はコケむしていて、石灯籠の立つ小さな池の縁に立つと、赤い小さなコイが口を開けて寄ってきた。そばのマツの樹をジッという音を残して、セミが飛び立った。

この頃、かおりはいつもお母さんの夢で目覚める。お母さんの声、笑顔、手触り。そんな夢から目覚めると、幸せな世界から突然遠く切り離され、お母さんがいないという現実に、はたと気づかされ、すっかりろうばいしてしまう。パニックになる。

（こんなことって、ある？　うそでしょ）

むなしい思いに胸が苦しくなる。ザンブリと孤独の淵に沈み込み、じっと貝のように、こごえる心を閉ざす。

そんなある日のこと、かおりはまたあの少女に出会った。

月の明るい晩だった。出会ったのは裏庭ではなく台所。その日も真夜中に目を覚ました。とても蒸し暑い夜で、首から胸にじっとり寝汗をかいていた。喉が渇いているのに気づいた。冷たい水が欲しかった。そろっそろと暗い廊下を歩いて台所に向かった。そして何気なく眺めた月明かりの中に、あのネコが現れた。黒いネコはこちらをじっと見つめ、長いしっぽをゆうらりと揺らし、さっと走り去った。心臓がどきっとした。

「はあ」とひと息ついて、そのネコから目を戻した時、「あっ」、あの少女が目に飛び込んできた。大きな水がめからひしゃくで水をすくっていた。ますますどきどきとして、ぼうぜんとたたずむ。

かおりに気づいたのか、少女はこちらを振り返り、にっこりほほえんだ。そしてひしゃくからコップに水を注ぎ、黙ってそれをかおりに差し出した。かおりは声も出せずに棒立ちになる。少女は近づいてきて、かたまったままのかおりにコップを握らせた。かおりは風のように通り過ぎる、亜麻色の髪をぼうぜんと見送り、夢見心地のままゴク、ゴクッと水を飲み干した。どのくらいつっ立っていただろう。我に返って振り返ると、あの水がめはどこにも見えなかった。そこはいつもの台所だった。かおりは空っぽのコップをステンレスの流しに置くと、あたふたと部屋に戻った。おばあちゃんはよく眠っているようだった。ベッドに入った。でも、かおりは少女の顔が頭から離れない。柔らかそうなふわっとたなびく薄茶色の髪。少女のいた台所の、何とも古風な風情が思い起こされた。

数日が過ぎていった。山の上の村は朝夕だいぶ涼しくなっていた。そんな朝、すっかり寝坊して、かおりは目覚めた。太陽はすっかり高くなっていた。辺りはしいんとしている。天井板の黒い節が、なんだか恐ろしい顔に見えてくる。そのたくさんの顔がそれぞれゆがんだ口を開けてしゃべりだしそう。

「ふふふっ」「ひひひっ」

今にも動き出しそうに見えてきた。

風鈴がチリチリと鳴った。風が出たようだ。パタンパタンと木戸の音もする。ミシ、ミシッ、ミシッ。二階の板の間を歩く足音がした。コトン、コトン、コトコト。コトコト。階段をどんぐりでも転げ落ちるような音がとぎれとぎれに続く。ガタッ、かなり大きな音がした。かおりはがばっと飛び起き、慌てて飛び出した。そして裏口にあったつっかけを履くと、裏庭に一目散に走り出た。

「おばあちゃあーん」

泣き声になっておばあちゃんを呼んだ。木戸を押(お)し開け、裏の畑に向かった。

「やっと起きたかい。もう、帰るからね」

おばあちゃんの白いエプロン姿が手を振っていた。

(ああ、もう大丈夫)

安心すると、山の清々(すがすが)しい朝の空気が胸にすっと流れ込んできた。

「くすくすっ、くすくすっ」

(風の音?)

それはどこか温かな声だった。かおりはきっと肩をそびやかし、木戸に向かって歩き出した。木戸の隣(となり)の物置小屋まではい上ったアサガオのつるの先に、残り咲(ざ)きの青い小さな花が朝日に輝(かがや)いていた。かおりは一つ深呼吸した。軒先(のきさき)からツバメの声がきらきらはじけていた。


夏休みもあとわずかとなった。かおりはまだこの館になじめないでいた。がらんとしてどこか気味悪い。そのわけのわからない何かにおびえていた。

月曜日、朝食の後だった。

「さて、ドライブにでも出かけてみましょうかね」

おばあちゃんは自分自身を励ますように言った。

かおりは、すり鉢状に下に下にと段々に続く、朝日にきらめく緑の棚田を、窓辺からぼんやりと眺めていた。

「私はさ、気持ちが沈むと外に出かけることにしているんだよ。閉じ籠もっていても、気がめいるばかりだろ。先ず、動いてみるのさ。先ず一歩、そこからまた一歩が開けるもんでね。さっ、出かけよう。さて、どこに行くかな。かおりはどこに行ってみたいかねっ？」

返事も待たず、おばあちゃんはもう出かける支度に動き出した。間なく、ハイビスカスの花の赤いアロハシャツに、枯れ草色の真新しいジーパン姿でさっそうと現れた。

「決めたかい？　行き先」

つば広の大きな白い帽子をかぶりながら、ちらっと目で促す。

「どこって、わかんない。あっ、そう、そうだった。お母さんとずっと前、海に行こうって、そんな計画してたっけ」

「そう、じゃあ、そうしましょう。海を見に行きましょう。さて、どこにしようかね、あっ、日本海だ、それがいい。青い日本海を見に行きましょう」

おばあちゃんにせかされ、慌ててかおりは支度に走る。

そして真っ赤な車の助手席のドアを開けた。

「あっ、そこはだめ。悪いけど、かおりは後ろ」

おばあちゃんはぴしゃりと言って、後ろを指さした。かおりが後部座席でシート・ベルトを締めると、車は山間の道へと走りだした。館は、はるか下にプラチナ色に光る細い蛇のような川と、緑の棚田を見下ろす山の上にあった。ひたすら坂道をうねうねと下って行く。二、三十分ほども走ったろうか、山裾の小さな集落に下りた。そこからまたしばらく走った頃、少し開けた大きな集落に出た。

「かおり、ほら見てごらん。あの丘の上に見える、とんがり帽子の赤いお屋根が学校だよ。二学期からお前さんの通うことになる小学校だ。すてきだろ。村の学校は統廃合でなくなり、今はここまで通わなければならないんだ。でも、それだけ友達がたくさんできるってもんだよ」

「へええ、そうなんだ。ここまでくるんだ」

「登下校はスクール・バスだってさ」

「そう」

緑の丘の上につんとのぞく、赤い三角屋根を遠くに眺め、車は高速道にと向かう。

高速道の両側の切り岸には、白いユリの花が点々と咲いている。幾重にも重なる山並みの上に、ぽっかりとのどかに白い雲が流れていた。

「いやなことは忘れることだ。どうにもならないことに、いつまでもくよくよしていてもしょうがない。忘れよう。前に進むんだ」

どこか、自分自身に言い聞かせるような声だった。

（そうなんだ。お母さんはおばあちゃんの娘なんだった。おばあちゃんだって悲しいんだわ）

「起きたことはもう過ぎたこと。しょうがないよ。でも、まだ、私らにはやることがある。生きていかなけりゃあならないからね、それが遺されたものの務めだからね」

きっぱりと言い切った。

おばあちゃんはカー・ステレオのスイッチを入れ、鼻歌を口ずさみ始めた。少し前に流行ったメロディが、車の中をはなやかな空気に変えていく。そうするうち、行く手の山間に青い海が見え始めた。

「ひゃあ、海だ。ほんとに海だ」

「そうさ、海にきたんだよ。かおりは砂丘に行ったこと、あるかい？」

「………」

「ないんだね。じゃあ、今日は砂丘に行ってみよう」

「へえ、砂丘。砂丘って、どんなんだろう」

「楽しいね。一人ぼっちで走るより格段にいい。うれしいな、やっぱり、誰かと一緒っていいね、陽ちゃん」

助手席にちらっと目を向け、つぶやくように言うおばあちゃん。今日は上機嫌、顔がずいぶん優しい。

「陽ちゃん？　私、陽ちゃんじゃないよ。かおりだよ」

おばあちゃんはしょんぼりした声になった。

「そう、そうだったね。ごめんね」

（おばあちゃん、私をお母さんと勘違いしてるんだろうか。まさか、そんな齢でもないのに。だけど、これは確か。お母さんとおばあちゃんの間に、昔何かがあったんだ。私にはわかんないけど。私ら、これまで全然行き来がなかったもん）

「ほらほら、見えてきたよ、あそこ。あの砂の山。だけど、夏休みだね、さすが、人が多いね」

おばあちゃんはもう明るい声になって振り返った。

車は砂丘前の駐車場に入った。焼けた舗装道路を渡る、砂のほこりっぽい風がもろに顔に吹き付けた。

「私ら、三人できた時には、こんなじゃあなかった」

ぼそっとおばあちゃんがつぶやいて、いやいやと打ち消すように首を小さく振った。お盆を過ぎたといっても、日中は未だ真夏、頭上からぎらぎらと太陽が照り付けていた。

「先にお昼にしようかね」

おばあちゃんはすぐ近くのレストランに入る。あまりお腹はすいていなかったが、だまってナポリタンのスパゲッティにフォークを付けた。

腹ごしらえが終わると、いよいよ砂丘に向かう。白い乾いた砂の丘に向かっておばあちゃんはザクザクと歩く。赤いアロハのおばあちゃんは、いつものおっかないあのおばあちゃんとはちょっと違って見える。おばあちゃんを追ってかおりもザクザクと駆け出す。向こうになだらかな砂の山がラクダの背のように並んでいた。

「あの砂山の向こうは海なんだよ」

「へえ、海。海、見たいなあ。あらあ、砂山の上にアリんこみたいな人がいっぱいいるよ。行こう行こう」

靴がずるずるっと、さらさらの砂に埋もれて歩きにくいったらない。太陽の日差しが何ともきつい。かおりはスニーカーを脱いで中の砂をこぼす。

「はだしになりなよ。靴は私が持っててあげるよ」

そばを大勢の若者や家族連れが追い越してゆく。

「おばあちゃんはもうここいらでダウンだ。ストップするよ。暑いよ、今日は。あんたはどうするね」

砂山を指さしながら、吐息交じりにおばあちゃんが聞いた。その時むしょうにかおりは海が見たくなった。砂山を越えた向こうにあるという海は、どんな海だろうと。

「私、行く。あそこに見える砂山のてっぺんに上ってみたい。いいね、行くよ」

「ほう、そうかい。その意気その意気。おばあちゃん、ここで見ていてあげるから」

かおりは歩き出した。アリの行列がうようよと行く砂山の稜線目指して、黙々と歩を進める。暑い。それにまとわりつく砂に足が埋まり、進むのがなかなかしんどい。やめようかと振り返った。おばあちゃんがこちらを見ていた。でも、その眼差しはかおりを通り越した、どこか遠くを見ているようだった。

「行こう。いったん行くって言ったんだもの、行こう」

そのうち汗がふき出してきた。塩辛(しおから)い汗は額をたらたらと目に流れる。また、後ろを振り返る。おばあちゃんはもうはるかはるか向こう、豆粒(まめつぶ)みたいに小さくなっていた。

(ふふふっ。だいぶやっつけたやんか。じゃっ、もう行くっきゃないな)

「よしっ」

ぐっと稜線をにらんで、ザクザクザクと足を動かし続けた。いつの頃からかそばを一緒に歩く人影を感じていた。同じような足取りで、影のように寄り沿って歩く麦わら帽子。かおりはなんだか心強く思えてきた。もう大丈夫、連れがいる。この人に負けないぞ。私、絶対この人より先には、くたばらないから。

「はあはあ、はあはあ」

「はあはあ、はあはあ」

二人は前になり後ろになりしながら一生懸命(いっしょうけんめい)歩き続ける。どのくらい時がたったろう。

かおりはついに砂山のてっぺんにたどり着いた。目の下にまっ青な海が広がっていた。

「やったあ、ばんざーい」

青い波がドドウと寄せてきて、ドドーンと白いしぶきを上げてひっくり返る。紺色の沖合から次々と、まるで白いウサギの群れがこちらに向かって飛んでくるようだ。

（苦労したけど、やっぱ、きてよかったわ）

その時、一人の少年がその青い海に向かって、砂山をそろそろと下りていくのが目に入った。同じ年頃の少年だった。

（いいな。あのなぎさに私も下りて、あの青い波に触（さわ）ってみたい。あの子ができるんだったら、この際、私も）

そこで、かおりはつられるように、そろそろと砂の斜面（しゃめん）を波打ちぎわに向かって滑（すべ）るように下りていった。勢いが付くと、砂が崩れ、砂と一緒に滑ってどんどん下っていく。

（あっ、あっ、やばい）

すぐ後ろを誰かしら、ぴたりとくっ付いてくる気配を感じた。とたんにまたずんと心強くなる。そうしてほどなく、かおりは少年と波打ちぎわに降り立った。

そこでぎょっとひるんだ。小さく見えていた白ウサギは、思いもかけずでっかい高波だと気づいた。慌てた。

（しまった、こりゃあ、危ないぞ）

そう思ったその時、ビルのような高波が襲（おそ）いかかってきた。頭の上からバッシャーンと大波をもろに浴び、ぐらっと体がかしぐ。ずるずるっと足元の砂とともに、高波にさらわれそうになった。

「きゃあ」

慌てふためいて体を立て直し、くるっと波打ちぎわに向き直ろうともがく。すると次の波が体をザボッとすくい上げた。その瞬間（しゅんかん）、かおりは腕（うで）を誰かにぎゅっとつかまれた。

「さあ、上がるんよ。帰るんだ」

ぴしゃりとほっぺを打つような声とともに、その腕はぐんぐんかおりを浜辺に引き戻していく。

「台風の波なんだよ。台風が近づいているっていうのに、知らなかったの。おばかさんね。さっさと帰るんだよ」

あの少女だった。夜の台所で見かけたあの少女だった。

その時、やっと気づいた見知らぬおじさんたちが、一人また一人と斜面をかけ下りてきて、もうすっかり波にさらわれて、アップアップしかけていた少年を助け上げた。

「さっさと帰るのよ。ぐずぐずしてるとまた波にさらわれちゃうよ。あんたら、天気予報、聞いてなかったの。この波、普通の波じゃないんよ。台風の波よ。ばか」

少女はきっとにらんだ。この前会った時より、ずいぶん大きく見える。お姉さんだ。でもまぎれもなく、あの少女に違いなかった。

かおりはそのお姉さんに引っ張られるまま、さっき滑り下りた砂山を上る。ザラザラと崩れ落ちる砂に足をとられ、砂の斜面に転ぶ度に、ずぶぬれのシャツもショート・パンツも、砂まみれになる。急斜面の上りはなかなかきつい。そばを行くお姉さんに励まされながら、ようやく頂上にたどり着けた。もうぐったり。かおりはその場にへたっと座り込んだ。

「まあまあ、こんなに砂まみれになって、しょうがない子ねえ。子どもが海に入ってるって聞いたけど、まさかあんたとは思ってもみなかったわ。さっ、帰りましょ」

少年が両親らしい二人に引きずられるようにして、砂山に上ってきていた。

「ふふふっ。あんたら、おばかさんだ。でも良かった、助かって。さあ、帰りましょう」

お姉さんに促され、かおりは歩き出す。帰りはきた時よりも何倍も遠い道のりに感じられた。重い体、重い足。もうくたくただった。でも温かい眼差しが背を押してくれるのを感じながら、ともかく歩いた。

立ち上がって手を振るおばあちゃんが見えてきた時には、全身の力が抜け、ワッと泣き出しそうになった。

「やれやれ、ようやく帰ってきたかい、無事で良かった」

すっかり待ちくたびれた様子で、おばあちゃんはうれしそうに駆け寄ってきた。その顔を見たとたん、自分の軽はずみが悔(く)やまれた。その一方、やった、やり通したという達成(たっせい)感もふつふつと湧(わ)いてきていた。

「まあ、どうしたん。こんなに砂にまみれて。砂をまぶしたお団子みたいじゃないか」

おばあちゃんはいぶかしそうな顔になった。まさか孫娘が砂山の向こうの海辺に下りて行って、すんでのところで波にさらわれそうになっていたなんて思いもしないで。かおりは目を反(そ)らせ、あのお姉さんを捜(さが)す。

「こんなに砂まみれで、このままで帰るわけにもいかないね」

おばあちゃんがぼやく。辺り一帯をぐるっと見回してみる。でも、どこにもあのお姉さんの姿は見えなかった。

「そうなあ、途中(とちゅう)の温泉にでも入ってさっぱりするかね」

かおりのシャツやショート・パンツをハンカチでパタパタはたきながら、おばあちゃんはふうっと一つ吐息をもらした。その砂原に、ヒルガオの小さな花が海風にちりちりとゆれていた。それはもう、雨模様の台風の風だった。

「あんまり帰りが遅いもんで、ずいぶん心配したよ。ああ、何事も無くて無事に帰ってきてくれてよかった」

「ばあい」

はっと振り返った。一緒に大波を浴びたあの少年だった。彼も全身砂まみれ。ちらりとウインクして、照れくさそうにそそくさと通り過ぎていった。

「ふふふっ。そうかい、お連れがいたんだね」

愉快そうに、おばあちゃんは引かれて行く少年に目を向け、それから西空を仰いで何かしら小声でつぶやいた。「ありがとう」とでも言うふうに。

それからおばあちゃんは、砂まみれのかおりを車に押し込むと、一番近いという温泉へと向かった。途中、やっと見つけた一軒のスーパー・マーケットに立ち寄り、かおりの着替えを買ってくれた。そうしてかおりは、山間の立ち寄りの温泉に連れていかれた。

見かけは小さな温泉だったが、浴場は思ったより広く、かおりはそこで、頭のてっぺんから足の先までシャワーで念入りに洗われた。そして一緒に大きな湯舟につかった。おっかないおばあちゃんの表情が、ふんわり和んで、蒸しパンみたい。急におばあちゃんが身近に感じられた。

「おばあちゃん、おばあちゃんは、ネコ、飼ってんの？」

気になっていたことが口をついて出た。さすがにあの不思議な少女のことは言い出せなかった。

「ネコ？　ネコは飼っていないよ。どうして」

「見かけたもん。ちょっと前、夜中に」

「野良ネコだろうよ。ずうっと昔、飼っていたことはあったがね。私はいやだったんだけどね。足跡付けるし、爪とぎはするし。でも、どうしても飼いたいというネコ好きが一人いてね、しかたなくね」

「おじいちゃんが亡くなって、どのくらいになるの？」

「はあ、もう十年になるかね」

おばあちゃんはずいぶん長風呂だった。たっぷりの熱いお湯に少々のぼせたかおりは、一人露天風呂に向かった。露天風呂の垣の、青タケの間を渡ってくる初秋の山の涼風に、ほてった体を冷(さ)ましていると、ほうっと心も落ち着いてきた。生け垣ごしに伸び出た赤いススキの穂(ほ)が夕日に映(は)えてきらきらしていた。

「今日は大変だったね。あんた、ちょっと無鉄砲(むてっぽう)だよ」

髪を頭上に巻いた後ろ姿の若い女の人が、湯煙(けむり)の中で笑っていた。

「あれっ、えっ？　お姉さんて、あっ、あのお姉さんだ」

かおりは、とっさに、そばの岩陰に顔をかくす。

「くすっ、くすくすっ」

笑い声がそっと去っていった。

⑵ 赤い屋根の小学校

八月も残り少なくなった。夏休みももうすぐおしまいだ。かおりはおばあちゃんの車で山の町のほぼ中央にある、小高い丘の上の小学校に転入手続きに出かけた。

三つの小学校の統合で、新築になってそんなに年月の経(た)っていない、まだ新ピカの学校だった。休み中のこと、学校はがらんとしていた。運動場に近くの子どもらしい五、六人が遊んでいた。

かおりがおばあちゃんと職員室の方に歩いていると、女の子が三人そろりそろりと近寄ってきた。そして珍(めずら)しいものでも見るようにじろじろ見回した。つい、かおりは肩をつっ張って、つんと顔を背(そむ)け、その好奇(こうき)の眼差しから逃(のが)れようと小走りに歩き去った。

「転校生かな」

「なんか都会の子みたい」

「いやな感じ。変につんつんした子じゃね」

小声があとを追ってくる。逃げるようにおばあちゃんの手を引いて校舎に入る。

校長先生が待っていてくれた。ほっそりとした美人、丸い眼鏡の目がヤギを思わせる。

担任には会えなかったが、若い女の先生だということだった。

手続きをすませ、また運動場に出る。運動場の隅の舗装路を校門に向かう間中、さっきのあの女の子たちは、何かひそひそ話しながら、ずっと運動場からかおりを目で追い続けていた。その刺すような眼差しがうっとうしくって、かおりの心はしゅんとしぼんでいった。おばあちゃんはたいそうこの学校が気に入ったみたいだった。

「お前のお母さんなんか、山道を毎日歩いて村の小学校に通っていたもんだ。冬の朝なんか、雪の山道を歩いていくんだから、大変だったよ。今はそれこそさあーとスクール・バスだ。だけど、この山の美しい自然に触れる機会はそれだけ少なくなるね。お母さんたちは、帰りにはずいぶん道草して、山道で遊んでいたようだったからね、家に着くのはいつもずいぶん遅かったよ」

おばあちゃんの顔にふっと影が差した。何か、触れてはならない思い出のポケットに手を突っ込んだみたいに。

「帰ろう。さあさ、帰りましょう」

硬い表情になって車のエンジンをかけた。助手席から見上げると、さっきの三人が肩を寄せ合って、校門からこちらを見下ろしていた。

その夜、かおりは夢をみた。かおりは真っ暗い宇宙をロケットにたった一人乗っけられ、どこかわからないかなたへ向かって飛んでいた。周りには何にも見えない。ただロケットの噴射する渦巻くガスに包まれていた。ロケットはどこへ行くのだろうか。どこまでもどこまでも、ものすごいごう音とともに一筋に突き進むばかり。怖い。寂しい。かおりは不安と孤独感にさいなまれ、もがき叫ぼうとする。でも声が出ない。苦しい。さんざんもがくうち、やっと悲鳴を吐き出す。

「助けてー。助けてー」

でも、いくら叫んでも、その声はどこにも届かない。その絶望感でついにかおりは泣き出した。

「かおり、かおりちゃん」

お母さんの声がした。

「かおりちゃん、かおりちゃん、大丈夫？」

体をゆさぶられて、はうように夢から抜け出す。

「どうしたんだい。かおりちゃん、夢でも見たんかい」

ゆり起こされ、しっかり抱き締め(だし)られた。もうろうとした意識の中で、かおりは必死にその胸にすがって泣き叫んだ。

「暗いの、まっ暗なの。すごく寒いの、凍(こご)えそうなくらい。一人ぼっちだったの。寂しかったの」

「そうかそうか、よしよし。わかったわかった。もう大丈夫だよ。おばあちゃんがそばにいるからね」

おばあちゃんの胸は温かだった。その温かさに包まれて、かおりは悪夢から徐々(じょじょ)に解き放たれていく。

かおりはおばあちゃんの胸の中でとろとろまどろみ始めた。やがていつか安らかな眠りにとすうっととけていく。

ギイッ、ギイッ。ギッコ、ギッコ。ブランコの揺れるあの音がしていた。あの少女が、あのお姉さんが、かおりの心に浮かび上がって、やがて霧(きり)の白いベールの中へと遠ざかって行った。

　次の朝、細波のように押し寄せてくるカナカナゼミに目覚めると、辺りはすっかり明るくなっていた。部屋におばあちゃんがいない。飛び起きた。まだ昨夜の夢の恐怖が頭の芯にこびり付いていた。

　カタカタ。ミシッ、ミシッ。またあの音だ。あの不気味な音がする。とっさに玄関に駆け出し、外に飛び出した。

「おばあちゃん、おばあちゃん」

　大声で呼んだ。

「おやおや、どうしたの。おばあちゃんがいないのかい。おばあちゃんはさっき、畑にいたみたいだったけど」

　近所のおばあさんがかおりに声をかけた。かおりは恥ずかしくなった。

「ありがとう」

　こそこそと隠れるように引き返し、裏木戸を出て畑に向かった。

　畑に黄色いリボンの麦わら帽子が見える。すっかり枝を茂らせたトマトの畝の間を、その影はちらちら動く。誰だろう。近づいていくと、あの少女だとわかった。少女はミニトマトをせっせと摘んで籠に入れていた。

(知り合いだったんだ)

「かおりちゃん、グット・モーニング。気分はどうお?」

キュウリの枯れたつるを片づけていた、おばあちゃんの声がかおりをとらえた。もう、おばあちゃんはかおりにとって、以前のような怖い人ではなかった。顔を見ただけで、ほっとする存在になっていた。

「そろそろ帰ろうかと思っていたところだよ。お腹、すいたろう」

おばあちゃんはにこにことやってきた。ナスやピーマンやどっさりのキュウリで、こぼれそうな籠を提げていた。

「おばあちゃん、トマトは?」

と言うと、

「かおりちゃんが摘んで持って帰ってよ」

さっさと、先に帰っていく。かおりは少女のいるトマトの畝にしゃがんだ。そして少女をまねて、トマトを摘んだ。少女は自分の摘んだたくさんのトマトを籠ごと差し出し、

「はい、これあげる。後で棚田の小川で遊ばない。よかったらこの籠とバケツも持って出かけておいでね」

帽子の下の影の中から、黒い瞳(ひとみ)が笑った。

「うん。いいよ。行くよ。でも何して遊ぶの」

「来てのお楽しみ。その籠、それに井戸端(いどばた)にあるポリバケツ、いいね」

そう言い残すと、さっさと引き揚(あ)げていってしまった。

今朝の朝ごはん、特別おいしかった。いつもと変わらないもぎたて野菜だが、少女と摘んだトマトが加わると、そのサラダは格別のものになった。

「かおりちゃん、明後日(あさって)から学校だね。家の前の坂を下った三差路、その公会堂の広場がスクール・バスの停留所だからね。なに、一本道だから大丈夫。そう遠くもないし。でも、やっぱり初日は、一応学校まで送っていこうかね」

おばあちゃんは茶碗やお皿をお盆に重ねながら、かおりの顔をちらっとのぞいて、

「スクール・バスには保護者も乗れるんかな。うん、そうだ、学校に聞いてみんといかんわな、よしっ」

ひとり盛り上がりながら電話のあるテーブルに歩きかけた。

「おばあちゃん、友達と約束があるの。そこの籠とバケツ、借りるね、いいでしょ」

「いいけど。何をするの。バケツなんて」

「いいからいいから。棚田の小川に行ってくるね。行ってのお楽しみだって。遊ぶ約束してんのよ」

「まあ、良かったこと。お友達ができたんだね。行ってらっしゃい。気をつけてね」

かおりは早速(さっそく)バケツと籠を提げ、玄関を出る。さっき聞いた坂道をたったと下って、三差路に着いた。確かに、小さな公会堂がある。そこに、あれっ、さっきの少女、あの少女はもうかおりを待っていてくれた。

二人はすり鉢状にぐるっと並んだ棚田の、田んぼの間の細道を駆け下りてゆく。初秋の風にアキアカネの羽がきらめいていた。さわさわとイネ株をゆらす風に吹かれながら、二人はチョウチョのように駆けていく。

棚田の真ん中を白く光って小川が流れていた。小さな東屋(あずまや)の休憩所(きゅうけいじょ)が立つ辺りで少女は歩を止めた。少女はやおら、川に足を踏み入れた。かおりもつられて、川をのぞく。きらきらした流れの底に、小魚の群れがさっ、ささっと泳いでいた。

「うわあ、お魚だ。お魚がこんなにいる」

かおりのびっくり顔に、

「捕ろうよ、このお魚。捕まえようよ。おもしろいよ」

少女はもうジャブジャブとやり始める。土手の下辺りの草陰に籠を押し当て、片足でグチャグチャと草を踏む。そうしてそうっと籠を持ち上げた。籠の中にきらっと鱗を輝かせ、小さな魚が入っている。一、二、三匹。ぴちぴちと初秋の日に光る。

「わあ、すごい。わあ、きれい」

「そんなことばっかり言ってないで、ほれ、今度はあんたの番だよ」

少女にけしかけられ、おずおず水に入る。水はひんやりと心地よい。

「そこの岩陰がよさそうよ。そこに籠を受けてごらんよ。そしてそこに足で魚を追い込むんよ」

「草を踏むのね」

「そう」

言われるままに籠を受け、片足で岩の周りの草を踏んづける。

「ほれほれ、ぼうっとしてないで、そこでさっと籠を上げるんだよ」

慌てて持ち上げると、いるいる。透明なきらきらしたエビが二匹。それにほっそりしたきれいなお魚も。

「それ、ハヤっていうの。あらっ、メダカも入ってるじゃない」

かおりは有頂天（うちょうてん）。すっかり魚捕りにはまって、あちらこちらと籠を動かしては小魚を追った。いつか、ポリバケツの中は、小ブナやハヤ、それにエビ、ドンコ、そしてニナやシジミ貝がうようよ。

日がすっかり高くなっていた。

「そろそろ、帰る？　お昼よ。おばあちゃんが心配するといけんよね」

少女に促され、かおりはようやく川を上がった。少女はバケツの魚をそおっと小川に流した。

「そうだね。それがいいね。でも、このきれいなメダカだけは持って帰りたいな。屋敷（やしき）の池に放したいもん」

そこでかおりはメダカ七匹だけ残して、他は川にそっと水とともに流した。魚たちはちょっと川面（かわも）に浮かんだが、尾（お）びれを二、三度ゆすって、またたく間にすっと元気に泳ぎ去っていった。

少女とは公会堂横で別れた。かおりと並ぶと、かおりより幾（いく）つか年上らしい。浜辺で台風の大波から助け上げてくれたあのお姉ちゃんにそっくり。少女は自分のことは何も話さない。優しい眼差しでただ包んでくれる。その眼差しに、かおりは百人力、いや千人力のパワーを受け取ったよう、たちまち元気になれたように思えた。

「また遊んでくれる？」

「うん、もちろん、いいよ。また、声をかけるね」

　少女は棚田の森陰に消えていった。


　いよいよ、二学期の登校日となった。おばあちゃんが愛車で送ってくれると言う。大丈夫だからと、断（ことわ）ったが、先生にも挨拶（あいさつ）しなけりゃあならないしと譲（ゆず）らない。

　かおりはおばあちゃんの車で、スクール・バスより少し早く出発した。山を下り三十分、とんがり帽子の赤い屋根の見える丘を上る。急にこの前会った三人組の少女たちのことが思い出され、不安になってきた。

　おばあちゃんは車を小学校近くの公園の駐車場に止め、

「ここから歩いてみようか。まだ少し早いようだし」

と、さっさと車を降りた。しかたなくかおりも下車する。

「ほら、あそこに見える山がうちらの村だ。あのお山はいつだってこの学校を見てるんだよ。かおりのことだって、そうだよ。いつも、いつだって見守ってくれてるのさ」

おばあちゃんの指さす方を見上げると、なだらかに続く山並みの先の朝霧の上に、ひと際高く、青みを帯びた灰色の山がそびえていた。その山のどっしりとした姿を眺めていると、だんだん気持ちがゆったりとほぐれてくる。コスモスの花が咲き始めている目の下の通学路に、歩いて登校してくる児童の列が見下ろせた。一列に数珠つなぎのように並んでやってくる子どもたちが、ボランティアらしい黄色い服の人に付き添われて、まるでヒツジの群れのように見える。スクール・バスが一台、校門に向かって走り去った。

「ここからはすぐよ、学校は目と鼻の先。さあ、行こうか」

かおりはランドセルの肩帯に親指をかけ、一歩を踏み出した。玄関前で、あの三人組に出会った。少し離れてまた付いてくる。

「おはよう。うちの孫、かおりというの。よろしくな」

おばあちゃんはかおりの肩をぽんとたたいて笑った。

「おはよう」

それだけ言うのが精一杯だった。

「お早よう。何年？」

「四年」

「この子、この康代ちゃんが四年生だよ」

意地悪そうなのっぽの少女が、眼鏡のふくふくほっぺの少女の背中を前に押し出し、

「私ら、五年。なっ」

ともう一人と肩を組んだ。

「仲良くしてやってな」

おばあちゃんが三人に軽く頭を下げると、三人が同時に「うん」とうなずいた。ほっと心が軽くなる。そこへ担任だという小川先生がやってきた。かおりは小川先生に連れられ、四年生の教室に向かった。

二十七人のクラスメート。その中にさっきの康代ちゃんはいた。康代ちゃんはまるで前からの知り合いででもあるかのように、親し気にかおりに目くばせした。

帰りのスクール・バスには、康代ちゃんと連れ立って乗り込んだ。バスのステップを上がった時、あの少年、海で一緒に波にさらわれそうになった、あの少年と再会した。入り口の座席に座っていたのだ。

「あれっ」

びっくりして、つい大声になった。向こうも驚いたように一瞬、どんぐりまなこを見開いて、それから照れたように頭をぼりぼりかいた。康代ちゃんが二人を見比べ、きらっと好奇の目を注いだ。

「建ちゃん、あんた、この子、知ってんの？」

すかさず詰め寄る。

「この前、砂丘で、なっ」

「そう、砂丘でたまたま一緒に、歩いてたんよ」

あとをかおりが引き取った。康代は、

「へええ、そう。偶然に。ふうん、建ちゃんは五年生なんよ。乱暴者だから気いつけや。一緒に遊ばんほうがええよ」

そう言いながら、空いている、建ちゃんと少し離れた座席にかおりを誘った。建ちゃんは時々後ろを振り返っては、にやりと笑いかける。偶然の出会いだったけど、たまたま、あの台風の荒波と猛暑の砂をともに戦った、いわば同志のように感じていて、いつかどこかでまた会えるといいなと、何となく思っていただけに、ちょっと感動、わくわくしていた。かおりはいっぺんにこの学校が好きになった。

数日たった日のこと。かおりが運動場で康代ちゃんとなわとびの練習をしていた時だった。康代の仲間のあの五年生の二人が駆けてきた。意地悪そうに見えたあのやせの、のっぽが、

「あんたって、見かけによらず、すごいんだってね」

と、親しげに話しかけてきた。

「聞いたよ、砂丘でのこと」

もう片方のポニー・テールの少女もいやになれなれしい。

「台風が近づいてる海に建ちゃんと下りてって、二人とも大波にさらわれたんだってね。それでも、あんたはすぐ浜に上がって、さっさと一人砂山を上って、どんどん帰っちゃったんだってね。すっげい馬力、タフなやっちゃと、建ちゃん、感心しとったわ。すげい女がいるもんだって」

「うそ。そんなことないわ」

「うそなん？　海に入ったっていうの」

「ううん。海で波にさらわれそうになったのは本当よ。でもすごいこと、ない。やっと

助かったの」

「じゃあ、うそなんかじゃないやんか。まっ、あの建ちゃんがびっくりしたんだから、大したもんよ。康代ちゃんと一緒に、うちらとも仲ようしょうな。これから一緒に遊ぼうな、なっ」

「うん」

「ふふっ。やっぱ、そうなんだ。うちら、なあんか縁があったんじゃね。なっ、真理ちゃん、そう思わん？」

意地悪の、のっぽは恵美ちゃん、そしてポニー・テールのつうんとした気取り屋さんが真理ちゃんだって。おかげで、怖かった二人とも、すんなり友達になれそうな気がした。

(3) 巫女舞(みこまい)の奉納(ほうのう)

イナ田の畔(あぜ)にヒガンバナが咲く頃となった。

スクール・バスから降り、鬼山館への坂道を歩いていくと、すり鉢のような棚田が眼下にまるまる見渡せる。黄金色(こがねいろ)のイネとそのイナ田を縁取る畔のまっ赤が、何層もの縞(しま)模様となって、高い青空に映えて輝いていた。

「ただいまー」

玄関の戸を開けようとした。鍵(かぎ)がかかっていた。こんな時のためにと渡されていた合鍵で中に入る。しーんとして、ほの暗く、穴蔵みたいに涼しい。汗ばんだ体が一瞬にちんと冷やされた。ランドセルをその場に放り出すと、外に飛び出した。

（また、畑かな？）

畑へ走る。でもおばあちゃんはいなかった。しょんぼりと帰っていると、いつかのおばあさんがまた声をかけてくれた。

「おばあちゃんかい、サロンじゃないかな。今日はサロンの日だから。出席するって返事があったって、言っとったからね。珍しいことだよ、あの人にしちゃあ」

「サロン？　サロンって、何？」

「ああ、皆(みな)でお茶飲んでおしゃべりする集まりさ。あっ、そうか、今日は料理の講習だった。イタリアンの今時流行(はや)りのレシピだってさ。場所は公会堂だよ。だから、もうすぐ帰ってこられるよ、もう二、三十分もしたらな」

「そう、ありがとう、公会堂ね」

かおりはそのまま公会堂に向かった。坂道から西日に輝く棚田を眺めて歩く。すり鉢の底を流れる小川が目に留まった。あの日のお姉さんが頭をよぎる。楽しかった魚捕りが思い出された。ぼんやりと眺めていると、棚田の畦道をイヌと少年が駆(か)け上ってきた。建ちゃんだった。

「おおい、どうしたんだ。何ぼんやりしてんだ」

建ちゃんは大きなイヌに引っ張られるようにして近づいてきた。

「子イヌ、見せちゃろうか。産まれたんだよ、三匹。かわいいんだっ」

「あれっ、建ちゃん家、この近くだったの？　知らなかった」

「うん、この峠の、あのやぶの向こう。イヌの散歩してんだ。今日はちょっとこっちに足を伸ばしてみた。子イヌ、かわいいぞ、見に来ないか。ラブラドールだ。いいだろう」

　しきりに勧める。おばあちゃんはまだのようだし、と、建ちゃん家に行ってみることにした。とっとことっとこと走る黒ラブのスピードに引っ張られ、ハアハアと息を切らせ、やっとこさ付いていった。建ちゃん家は意外と遠かった。建ちゃんは庭をつっ切って納屋の軒下にかおりを案内した。イヌ小屋から小さな子イヌがごそごそはい出してきた。真っ黒な毛並み。ころころした動きがとてもかわいい。

「抱かせてやろうか。抱いてみろ、ほれっ」

　建ちゃんは一匹をかおりの前に差し出した。母イヌがハアハア口を開けて、「ワン」とすり寄ってきた。

「わっ、怖っ」

「こらっ。大丈夫だ、優しいイヌだよ。ほれっ」

　そおっと両手を差し出し、ころころした、ほわほわの子イヌを両の手の平に受け取った。クンクンと冷たい鼻面を手の平に押し当て、もぞもぞと動き回る子イヌを、慌てて胸に抱き留める。

「なっ、かわいいじゃろう」

建ちゃんが得意げに言う。かわいい。かおりは最初に抱いた真っ黒の子が特に気にいった。庭にはい出し、ころころ動き回る子イヌを追っかけて、抱き上げたり、なでてみたり。すっかり子イヌに夢中になった。

「かおり、かおりちゃん。帰ろうで」

おばあちゃんが迎えにきていた。電話で誰かが知らせてくれていたのだろうか。

おばあちゃんに促され、かおりは夕映えの山道を帰っていった。

それからというもの、かおりは、毎日のように建ちゃんの所に子イヌを見に通うようになった。

そんなある日、イヌと遊んでいる時だった。建ちゃんのお父さんが庭に現れた。

「いらっしゃい。陽ちゃんの娘さんだってな、あんた。よう似とるよ。昔の陽ちゃん、そっくりだ。おじさん、あんたのお母さんと同級生だったんだ。陽ちゃん、東京の大学に行って、それっきりだ。一度も会っとらんなあ」

そしてこう言ったのだ。

「その子イヌ、よかったら、もらってくれないか」

「いいんですか」

「ああ、いいとも。もらい手を探していたところなんだ」

そこで、かおりはそのお気に入りの一匹をもらうことに決めた。おばあちゃんには断りもなしに。

でも、子イヌが乳離れしてからということで、渋々のようだったが、おばあちゃんは飼うことを許してくれた。

数日して、スクール・バスで健ちゃんとイヌの話に盛り上がっていると、康代ちゃんが、

「私も見に行ってもええ？　子イヌ、めちゃ見てみたいわ」

と割り込んで来、その結果、康代ちゃんも子イヌを一匹もらうことになった。いつか建ちゃん家に康代ちゃんと二人で通うようになり、子イヌを仲立ちにして、二人はすっかり仲良しになっていった。

そうして子イヌが鬼山館にやってきた。子イヌの名は「クロ」ということになった。お

ばあちゃんが一目みて、

「まあ、真っ黒。真っ黒黒のクロちゃんだね」

そう言って、そのままそう呼ぶから、そうなってしまった。一緒に建ちゃんのお父さんがイヌ小屋を運んできてくれた。

「おばさん、お久しぶり。陽ちゃんの同級生の山下です。太一ですがな。覚えてくれとる?」

「ああ、太一ちゃんね。ずいぶん大きくなったねえ」

「うへっ、まいった。そうなあ、おばさんにはかなわんわ。おばさん、お孫さん、かおりちゃんが帰ってきて良かったね。陽ちゃんにそっくりじゃ」

そう話し、ところでと、持ち出した。

「秋祭りのことなんじゃけど、今年お宮も、三百六十年だって。それで、また巫女舞の奉納を復活させようということになったんです。じゃけど、氏子(うじこ)にちょうど良い年頃の女の子がおらんのよ。高学年の女の子は、向こうの谷の五年生二人だけなんじゃ。二人じゃあ少ないけんなあ、四年生にも出てもらおうということになったんじゃけど、かおりちゃん、どうかなあ」

「かおりが。さあ、かおりにできるかしらねえ」

おばあちゃんは思案顔になる。

「できるよ。大丈夫だよ。同級生の康代ちゃんも出てくれることになっとるから。一緒に練習すればええんじゃから。宮司さんの娘さんが教えてくれるんじゃから」

「そうかね。それなら、やらしてみようかね」

おばあちゃんは、

「そう、そうだったなぁ」

と、お宮の森に目をやった。

「陽子もあの祭殿で舞ったっけ。六年生だったかな。やっちゃんにさとちゃん、みっちゃん、やよいちゃん、それから……あの頃はたくさん子どもがいたね。陽子は真っ黒に日焼けしていて、小っちゃくて。ふふふっ。私も若かった。そうだね、やらしてみようかね」

「五年生の二人って、真理ちゃんと恵美ちゃん？」

かおりが問うと、おじさんは笑ってうなずいた。

「練習は土曜と日曜の午後。お宮の社務所の離れでするそうじゃ。ここ数年、いやもっとかな、やってなかったけん、ちょっと支度が大変じゃけど、まあ、なんとかなるでしょう」

そこで、決まり。かおりはあの三人組と舞をやることになった。

土曜日の午後一時、康代ちゃんに連れられ、かおりはお宮に舞の練習に行く。お宮はスギの大木に囲まれたうっそうとした森の中にあった。三百何十年とか言っていたけど、そうとう古い時代から続くお宮のようだ。鳥居や石段、側の石灯籠もかなり風化していて、コケ生していた。建物の柱も床板もたいそう古びていた。

近隣の町に嫁いでいるという宮司の娘さんが、車で指導にやってきて、鳥居の前の駐車場に車を入れる。

「さあ、入った入った。祭りまでそんなに日がないんよ。たっぷり練習するってこと、できんから、集中してやろうね。さあさ、上がった上がった」

社務所の休憩所で練習は始まった。真理ちゃん、恵美ちゃん、康代ちゃん、そしてかおり。四人は神妙に並んだ。先生の所作をまね、テープ・レコーダーの音楽に合わせてしずしずと舞う。動きは緩やかで単調。でも覚えるのはそうたやすくはなさそうだ。鈴を鳴らし、剣をふり、四手という紙きれのついたサカキを奉納する。たっぷり二時間しぼられる。氏子総代のおじさんらが、おやつを差し入れしてくれた。その中に健ちゃんのお父さんもいた。

恵美ちゃんも真理ちゃんも意外や意外、優しかった。四人、みんな初めての舞だ。建ちゃんが社務所の窓から興味しんしん、そっとのぞいていた。黒ラブの子の、一匹残ったアイを連れていた。

「わあ、かわいい」

先ず恵美ちゃんが走り出て、アイを抱き上げ、頬（ほお）ずりした。続いて真理ちゃんも。

「うちにも、この子の兄弟がおるんよ。かおりちゃんももらってんのよ、なっ」

康代ちゃんが得意そうにかおりに同意を求める。こうして舞の練習は和（なご）やかなうちに進んでいった。

二週間がたった。初めは土曜、日曜だけだった練習が、祭り近くになると火曜日も木曜日もするようになっていた。それは苦ではなかった。むしろ、楽しみになっていた。おかげでだいぶうまくなった。

そんな頃だった。お宮に舞の装束（しょうぞく）がとどいた。三人のお母さんが着付けを手伝いにやってきていた。そして奥の台所でおしゃべりしながらお茶の用意をしていた。かおりはトイレに行きたくなって、台所の側の通路をこ走りに歩いていた。聞くともなしに、おばさんたちの話し声が耳に入った。かおりのおばあちゃんのことらしい。

「娘さん、亡くなったんだってよ。お気の毒にね。まだ若かったんでしょ」

「かおりちゃんのお母さんだもん、そりゃあそうよ。かわいそうにね」

「私、かおりちゃんのこと、おばさんに頼まれてんの」

康代ちゃんのお母さんのようだ。

「だけど、あの鬼山館の親子、ずっと仲、悪かったんでしょ。行き来がなかったみたいだもん。何があったんだろうかね」

「なんでも、なんかで、ずいぶんもめたらしいよ。娘さん、反対を押し切って、出て行ったんだって。出て行って、それっきりだって」

「縁を切るとまで言ったとか言わなかったとか。それで意地になったんじゃない？」

「でも、父親のお葬式にも帰らないなんて、よっぽどよね、どうかしてるよ、その娘さんも」

「あのおばさん、教育ママで、娘さんにずいぶんきつかったって聞いたよ。何か、おっかなそうよ」

「でもね、うちのおばあさんが言ってたけど、それまではそんなに気難しい人じゃなかったってよ。むしろ気さくで良い人だったんだってよ」

三人はお茶の用意をすませ、椅子に腰(こし)かけ、楽しそうに話していた。かおりは一瞬、かたまった。そっとそっとトイレから帰った。差し入れのお菓子(かし)に手を出さないかおりに、

「かおりちゃん、どうしたの？」

康代ちゃんのお母さんが心配そうに聞いた。

「ううん、何でもない。今、あまり欲しくないだけ。おばあちゃんのお土産(みやげ)に持って帰ろうかと……」

そう言うと、

「そうそう、それがいいね。これ、包んどくね。おばあちゃんには失礼かとも思うけど、持って帰ってね」

慌てたように、恵美ちゃんのお母さんが、テーブルに残っていたお菓子をポリ袋にたっぷりと入れて、そろっとかおりの前に置いた。

かおりの着付けは康代ちゃんのお母さんがしてくれた。

「ちょっと大きいから、家に持って帰って、直しておくね。来週までに間に合うよう、こ

の次、持ってくるから」

おばさんは康代ちゃんを連れ、軽四トラックで帰っていった。

建ちゃんが境内にいて、その日は母イヌのラブを連れてぶらぶらしていたが、

「散歩させてんだ。棚田を回って帰ろうと思うんだ。一緒に、帰らんかあ」

とにやにや、照れたような顔になって近寄ってきた。

「うん、いいよ。そうしょう」

急に心が晴れていくのを感じた。


十一月十三日、村祭りの日がやってきた。

その日は土曜日で学校はお休み。かおりたちの出番は午後一時半からだった。でもかおりたちは正午にはお宮に集まった。社務所の控え室に入って、化粧と着付けをしなければならなかった。その日はおばあちゃんがきてくれた。康代ちゃんのお母さんや恵美ちゃん、真理ちゃんのお母さんに交じって、とても楽しそうだった。

宮司さんの長い祝詞が終わった。かおりたちは祭殿にと上がっていく。境内を見てびっくり。すごい人出だった。どこからふってわいたのかと思うほど、大勢の人が祭殿の

前に集まって、こちらを見つめていた。体がわなわなと震える。スピーカーから、巫女舞復活を紹介する、建ちゃんのお父さんの声が流れる。

「大丈夫だよ、かおり。お母さんも昔、ここで舞ったんだから。お母さん、きっとどこぞその辺りから見てくれているよ」

おばあちゃんの力強い声に送られ、舞台に進む。

祭壇に向かって深々と一礼すると、不思議と落ち着いた。五年生二人が前列。その後ろに四年生が二人。そうしてかおりたちは無事に舞い終えることができた。巫女舞のあと、恒例の獅子舞が奉納され、神様を乗せた神輿が境内を出発した。すると、境内に集まっていた観客は、一斉に神輿のあとに続いてぞろぞろと出ていく。かおりたちも大急ぎで着替えをし、そのあとを追った。

「神様は年に一度の遊興の旅に出られるんだってさ。このスギ林の中に御旅所という神様の宴会場があるんよ。そこで獅子舞の剣舞やら、カラス天狗たちの棒の舞なんかもごらんにいれるんだってよ。ほれっ、急ごう」

康代ちゃんについて、スギの木立の山道を駆けていく。恵美ちゃん真理ちゃんも追いかけてきた。小さな子ども連れを追い越す。都会風の若者や見たことのない子どもたちで山道はいっぱいだった。

「まあ。お孫さん？」

「帰って来られとるんじゃな、お宅も。息子(むすこ)さんら、お元気？」

「ああ、おかげさまで」

「神輿の担(かつ)ぎ手(て)が足らんがな。若い元気なのを帰さにゃあおえんがな」

「早う帰って来いって、うるさいのなんのって」

「いえ、うちのが、何が何でも、この祭りには帰ってこんならん言うて」

お互いにあいさつを交(か)わす祭りの客たちや村人、はしゃぎまわる小さな子どもらで、木立の間はいつもと違ってなんともにぎやかだ。


その夜のことだった。

かおりは疲れて、早めにベッドに横になると、つるっと深い眠りに落ちた。ふっと目が覚めた。側のベッドを見ると、おばあちゃんがいない。何気なく、廊下に出た。台所に明々と明かりが見える。かおりは台所に向かった。台所から声がする。和やかに何か話し合う声だ。

（おやっ、珍しい、誰かきているのかな）

「悪かったよ。あんたたちのこと、気持ちよく許して、祝って出してやれば良かったのに。私も若かった。本当はあんたたちのことが心配で、心配で」

「ううん。悪かったのは私の方。お父さんお母さんの気持ちがわからなかったんだ、まだ子どもだったんよな。『親子の縁を切る』なんて言われたもんで、つい頭にきちゃって、みょうな意地、張っちゃった。その後も、なかなか素直になれなくて。ほんとにごめんなさい」

「いやいや、こちらこそ、ごめんね。私の方から、早く会いにいけばよかったものを」

「ううん」

「ところで、かおりも、そろそろ、あちらに帰さなくちゃあならないだろうね」

「そうね。あの人も、待ってるだろうし。それに、あまり長くなると、手放せなくなっても、ねっ」

「そうだね。そうだそうだ、そうだよ」

かおりは台所のガラス戸から、そっと中をのぞく。おばあちゃんがテーブルでお茶を飲んでいた。そばをさっと、あの真っ黒いネコが影のように走ったかと思うと、すっと闇に消えた。

「誰か来られてたん？」

「何か、話し声が聞こえてたんだけど」

「ああっ、起きたのかい」

おばあちゃんはかおりを見上げ、一人「くすっ」と笑った。そしてかすかに首を振った。テーブルの上にはいつものお茶セットが。そして今日の巫女舞のごほうびのお菓子の大皿も。だけど、空っぽになったお茶碗のほかに、も一つ、お茶のつがれた、湯気の立つ茶碗があった。でも、台所にはおばあちゃん以外、誰の姿も見えなかった。

おばあちゃんは「よっこらしょ」と、立ち上がると、

「今度、森に紅葉を見にいってみないかい。奥の森の公園、そりゃあ紅葉がすばらしいんだから。久しぶりにまた、ドライブでもしようかね。どうだい？」

そう言って歩き出した。

「うん、いいよ」

「今日はほんとによくやったね。疲れたね。おばあちゃんもすっかり疲れたよ。もう、若いお母さん方と同じようにはいかないね。じゃあ、もう休むとしようかね」

おばあちゃんはかおりを見てほほえんだ。ちょっと寂しそうな目の色だった。

やがて取り入れもすっかり終わった棚田に、ススキの穂が銀に輝く頃となった。かおりはおばあちゃんに連れられて、ドライブに出かけた。車の助手席から眺める山々は、どこも黄や赤や橙色（だいだいいろ）の紅葉で、まるで美しく織ったじゅうたんのようだった。白い水しぶきを上げて流れ下る渓流（けいりゅう）に沿った山道をどんどん上り、山の森の公園に着いた。

お弁当の入ったリュックをかついで、沢（さわ）の道に分け入る。カラマツ林が金色に輝いている山の空は、青く澄（す）み渡っていた。沢にリンドウが咲き残っている。歩きながら、おばあちゃんが思い切るように話し始めた。

「かおりちゃん、そろそろ、もうお父さんのところに帰るかね。お父さんが暮れにはお迎えにくるって」

かおりは返事ができない。まだ先のことと思っていた。おばあちゃんはなおも続ける。

「三学期からは、あちらの学校だよ」

かおりは慌てた。棚田の村の友達と別れるのかと思うと、とても寂しい。それに、第一、おばあちゃんと別れるなんて。そんなそんな、それはむちゃだ。むしょうに悲しくなった。

「やだよ。私、ここにいたいもん」

かおりは駆け出した。ブナやカシの落ち葉の山道をやみくもに駆けた。池のほとりに出た。真っ赤なカエデが水面に映っていた。静かだ。ポチャンとカエルが飛び込む水音がした。ベンチに誰か一人、ぽつんと座っている。あのお姉さんだった。お姉さんはかおりに優しくほほえみかけた。その笑顔がふっとお母さんの顔になった。

「お父さんの所にお帰り。お父さんだって、寂しいのよ。お父さんの力になってあげてよ。おばあちゃんは、大丈夫。私がいるから。私が付いているから」

「かおりー。かおりちゃあん。かおりー」

おばあちゃんの声がする。おばあちゃんがあちこち捜し回っているようだ。

「ここよ。おばあちゃん、ここよー」

おばあちゃんの声の方に向かって叫ぶ。ギャッと辺りの空気をつんざくすごい声。バッサバッサ。白い大きな鳥が飛びたった。

「ああ、よかった。ここにいたの。捜したよ」

おばあちゃんはしんどそうにハアハアと息を吐いた。

二人はベンチに並んで、お弁当を広げた。おばあちゃんが朝早く起きて作ったおむすび弁当。

「陽子はね、このお砂糖たっぷりの卵焼きが好きでね。それにこのチキン・フライもね」

「かおりちゃん、ブロッコリー、残さないでよ」

「かおりちゃん、また、お休みにはおいでよ。ここ、良い所でしょ」

おばあちゃんはしきりと話す。かおりはただ「うん、うん」と聞いていた。


そうして、かおりはお正月を前に、元の、お父さんの待つあの家に帰ることになった。

鬼山館に子イヌのクロと心残りを置いて。

出発の朝、門から館を見上げると、二階のベランダの柵の上にちょこんと黒いネコが座っていた。緑のカーテンがかすかに揺れ、少し開いたその襞（ひだ）の間からあの少女がこちらを見ていた。

「元気でね。大丈夫。私はいつもここに居るわ。そしてかおりがどこにいても、いつでも、私はあなたと一緒よ」

そんな声が耳底に流れた。

「うん、ありがとう、さようなら」

かおりは心の中でつぶやき、そっと手を振った。

第三話　霧の向こうの森の家

コツコツコツ。コツコツ。

「かおりちゃん、香ちゃん、ちょっと開けていい?」

部屋のドアをノックしながら、せっぱ詰まったようなお母さんの声。「まただ」と思う。

(また英介のことだ)

「いいわよ。どうぞ」

その返事が終わるか終わらないうちに、お母さんの引きつった青い顔が部屋に飛び込んできた。

香は窓辺に置かれた机に向かって、今日夕方から行く、英語塾の予習、単語調べに追われていた。

香は中学二年生。Y市郊外の団地の建売分譲住宅に、お父さんとお母さん、それに小三の弟英介と四人で暮らしている。

お父さんとお母さんは再婚同士の夫婦だった。お母さんは香を産んだ母親ではない。二年余り前に、今のお母さんは英介を連れて、香たち父子の所にやってきたのだった。

「英介がいないの。今日は学習塾がある日なのよ。それなのにどこに行ったのかしら。もうそろそろ、出かけないと間に合わないのに」

　お母さんはいらいらした様子で話す。

「じゃあ、もう塾に行ったんじゃないの」

　香は軽くいなす。いつものこと、もううんざりしていた。

「ううん、そんなはずはないわ。それはないの。カバンは学校から帰った時のまんま、机の上だし、塾に持って行く手提げも部屋にあるもの。ねっ、あっ、もしかして」

　そこでお母さんは慌てたように、さっときびすを返すと、あたふた部屋を出ていった。

「自転車がないわあ、やっぱり。自転車で出かけたんだわ。どこへ行ったんかしら。ねっ、知らない？　香ちゃん、本当に知らない？……そう、もう、どうしよう。買い物に行ってて、ちょっと目を離したすきによ。自転車で出かけちゃあいけないって、あれほど言っておいたのに。さて困ったわ。ああ、困ったわあ、どうしよう」

　息せき切って戻ってきたお母さんは一人しゃべって、おろおろしている。すっかり混乱している様子だ。

「私、気が付かなかったわ、ごめんなさい。いつの間に、出ていったんだろう。さっきまで部屋にいたよ。ゲームしてたみたいだったけどなあ」

「……」

「そうか、今日は塾の日だったんか。ああっ、そうかそうか。じゃっ、団地のご近所、あっ、香奈(かな)ちゃんの所じゃないの？　あそこのおじいちゃんと英ちゃん、何か気が合うみたいよ。この頃(ごろ)ちょくちょく行ってるみたいだから」

回転椅子(いす)を回して、後ろに立つお母さんを見上げる。お母さんたら、もう顔面蒼白(そうはく)って感じだ。しかもわなわな震(ふる)えてさえいる。オーバーだなあと思う。

「自転車で出てんのよ。そんな近くのはずないじゃない。どうしよう。交通事故にでも遭(あ)ってたら。ああ、どうしよう。あっ、そうだ。警察に電話してみようかしら……」

「ちょっとう、ちょっとお母さん、英ちゃんはもう三年生よ。学校の友達の所にでも遊びにいったんじゃあないの」

すると、もう、らちがあかない、この子、わかっていないんだから、といった顔になって、お母さんは香にぷいと背を向けた。

「お母さん、どこに行くの」

「捜(さが)しに行くんですよ。事故に遭(あ)わないうちに、急いで連れ戻さなくちゃあね。そうでしょ」

　せかせかと足早に、ドアへと向かう。

「ちょっと、どこを捜すの。お母さん、心当たり、あるの？」

　香が英介に初めて会ったのは、まだ英介が一年生になったばかりの頃だった。ファミリー・レストランで紹介された時、テーブルを挟んで向かい合った英介に、神経質そうな、とてもひ弱な感じを受けた。落ち着きのない子だなあというのが第一印象だった。喉に何かが引っかかっているかのように、しょっちゅう「ゴホンゴホン」「エヘンエヘン」とせき払いをしていた。しかも、椅子を立ったり座ったり、しょっちゅうゴソゴソ体を動かしていた。その度にお母さんの顔がこわばり、目がはらはらと宙を泳いでいた。

　あれから二年半がたっていた。

「お母さん、待って。私も行くわ」

　あわてて香はお母さんを追って駆けだした。お母さんは買い物袋をそのままにして、セカンド・バッグをキッチンのテーブルからわしづかみすると、もどかしげにサンダルに足をつっかけ、玄関のドアを押し開けた。

庭先のガレージで、香はお母さんに追いついた。

「お母さん、心当たり、あるの？　英ちゃんの行っていそうな所、わかるの？」

「わかんないわ。でも、こうしちゃあいられないもの。急がなくちゃあ。ともかく、捜してみるわ」

お母さんはしゃにむに自転車をガレージから押し出そうとしていた。

(どこを捜すつもりだろう。私の方がまだまし、まだわかるわ。私はここで育ったんだもの。幼稚園も小学校もここ。でも、お母さんはまだこの辺りの地理にはうといはずよ。それに第一、子どものこと、それも英介のことが全然わかっちゃあいないんだから)

「お母さん、ためしにちょっと香奈ちゃんの所に寄ってみない？　香奈ちゃんに聞いてみてからでも遅くはないよ、そうしようよ」

「香奈ちゃん？　香奈ちゃんて誰？　ああ、あの子。あの子、二年生でしょ。わかるわけないでしょうが」

「そうかな。この頃、なんか一緒に学校に行ってるみたいよ。この前ちらっと見かけたもん」

「そう、またなんでそんな下級生の女の子と……」

そう言いながらも、お母さんは一応香の自転車のあとに付いてきた。そして、半信半疑の顔で、香奈ちゃんの家の玄関ブザーを押すのだった。

「はいはい、どなた」

香奈ちゃんのおじいちゃんが、いつもの人の好さそうな顔で、のっそり半開きのドアから顔をのぞけた。

「あのう、この先の、川村と申しますが」

お母さんはおずおず話しかける。急いで香が後ろから頭を軽く下げた。

「ああ、香ちゃん、ああわかった。川村さんの奥さんね」

待ちかねたように、

「あの、宅の英介ですけど、お邪魔しておりますでしょうか」

お母さんは本題に入る。

「香奈、香奈ちゃん。英介君、今日はきてないよね」

「うん、きてないよう。どうしたん」

香奈ちゃんが玄関に現れた。お母さんを押しのけ、香はドアの間からするっと中に侵入する。おじいさんとは幼い時からの顔なじみ、よく遊んでもらっていた。

「ねえ、知らない？　英介の行きそうな所、聞いてない？　何か、何でもいいから、気が付いたこと、教えて」

　単刀直入、香は香奈ちゃんの目線にしゃがみ込む。

「うん、今日はどうか知らんけど。この頃、双子(ふたご)の兄弟のどっちかわからんけど、同級生の子と一緒に下校しとるよ。名前も住所もようは知らんけどな。でも何か、御園(みその)の辺りかなあ、その子の家。その辺りで一度見かけたもん。もしかして、遊ぶ約束とか、しとるかもしれんよ」

「ありがとう。お母さん、御園町。とりあえず行ってみよう。おじいさん、香奈ちゃん、ありがとう。じゃっ、ごめんね、急ぐから」

　香奈ちゃんのおじいさんの「一体、どうした？」の疑問符(ぎもんふ)の顔にそのまま一礼、

「すみませんね、急ぎますので。お騒(さわ)がせしました」

　お母さんはすぐ自転車に飛び乗った。

　御園町へ走るその途中(とちゅう)、お母さんは、やはり近くの交番に自転車を止め、机を前に座っているお巡(まわ)りさんにいきなり声をかける。

「すみません、これまで交通事故の知らせは入っていませんか」

続いて、

「子どもがこの道を自転車に乗って御園町方面に出かけたらしいんですけど、見かけませんでしたか……あっ、あの、事故にでも遭(あ)ってはいないかと……、もう心配で」

「幾(いく)つのお子さんですか」

おっとりとした口調でお巡りさんは話し、やおら立ち上がった。

「小学校三年生です」

「ああ、そうですか。三年生ですか。じゃあ、心配ないでしょう。あっ、そうそう、今日は、事故の報告はまだ何も入っておりませんよ」

そう言いながら、少しけげんそうに首をかしげ、

「何か、あったんですか？」

と二人の顔を交互(こうご)に見回した。

「いえ、それなら、良いんです。どうもすみません」

「あのう」と、思い切って香は聞いてみる。

「すみません。この近くに八歳(さい)ぐらいの双子の男の子がいるらしいんですけど、ご存じありませんか。御園町って、聞いたんですけど」

「ああ、あああぁ、確かいるな。いますいます。この先の信号を右に曲がって、国道を五百メートルほど行った所の公園で見た見た。そっくり、一卵性の双子だな、あれは。兄弟二人きりで遊んどるのを見かけたことがあるよ」

「ありがとうございました」

「さっ、行こう。香ちゃん、その公園って、どっち?」

そこで、香は先に立って走り出す。車が頻繁に行き交う大通りの脇の、狭い自転車道を公園に向かって。

英介はいた。その公園の隅っこに。自転車を投げ出して、しゃがんでいた。双子の兄弟は香たちに気づくと、さっと自転車を反転させてそそくさと姿をくらました。英介はべそをかいていた。たぶん、転んだに違いない。頬と足に白いすり傷があった。でも、それ以外、別にどこといって変わりはなかった。

そうして、英介はお母さんにせかされるまま、ふくれっつらになって、しょんぼりと帰っていくこととなった。香が何気なく振り返ると、木陰から自転車にまたがった男の子が二人、こちらをうかがっていた。そばの公会堂の玄関先に、おひな祭りの幟が気まぐれな春の寒風に胴ぶるいしていた。

それから数日たった日曜日のこと。英介は近くの神社にたまたまイヌの散歩に出かけ、そこでまたやらかした。境内(けいだい)のクスの木から落っこちたのだ。香奈ちゃんらに枝に引っかかったバドミントンのシャトル・コックをとってとせがまれ、しかたなく木に登ったのはいいが、枝をゆすっていて、足を滑(すべ)らせてしまったのだ。幸いこの度も大した怪我(けが)はなかったが、そんなこんなでお母さんの英介へのいらいらは、ますます募(つの)っていくようだった。

そんな英介を香はかわいそうにと、眺(なが)めていた。

(ついに、あの双子兄弟にも見捨てられるな)

(このままじゃ、同級の他の連中からもいよいよ取り残されちゃうな。ますます、友達、できないよな)

少々心配になってきた。

そんな時、お母さんが突然(とつぜん)入院した。産婦人科だった。流産のおそれがあるとかで、絶対安静を言い渡されたらしい。英介は自分が悪いからだと困惑(こんわく)、すごくしょげ返っている。そのせいか、また喉のイガイガ虫が盛大(せいだい)に暴(あば)れだし、「ゴホッゴホ、ゲイゲイ」と夜中にせき込みだした。

ちょうどそんな時、香は田舎のおばあちゃんから手紙をもらっていた。

「春休みにでも遊びにおいでよ」のお誘いだった。おばあちゃんは、森の奥に小っちゃな山荘を建てたらしい。去年の夏にも誘われていたのだが、なかなか言い出せないままになっていた。


香は四月からは中学三年生になる。目下、苦手の英語の塾のテストに、本気で取り組んでいた。その順位競争に気が抜けない時期で、どうしょうかと思案している最中だった。でも一度、英介をあののんびりした田舎のおばあちゃんの所に連れていってみたらどうだろう、と思うようになっていた。お父さんに相談すると、それが思いの外あっさり、

「よかろう」と言ってくれた。おまけに、

「おばあさんには、お父さんからようくお願いしておこう。お母さんの方は、お父さんがうまく説得してみるわ。まあ、任せておけ」


思案顔ながらも、きっぱりと言い切ってくれた。それは香には拍子抜けするほど意外な展開だった。肝心の英介の方は、香が「田舎に旅行するよ」と持ちかけると、おびえた目をして、

「じゃあ、僕、この家に一人ぼっちになるんかよ」

とすがるような目を向けた。

「お母さんは大丈夫(だいじょうぶ)。たぶんそのうち退院できるよ。でも、お姉ちゃんと一度一緒に旅をしてみるの、どうお？　おばあちゃんの田舎、いいよう。それに、これ、内緒(ないしょ)よ、塾、休めるよ」

ぱっと顔が輝いた。学習塾も、その上ピアノのレッスンも休めるんだと気付くと、いよいよその気になったみたいだった。


春休みを待たず、香は英介を連れて、香の母方(がた)のおばあちゃんの所に出発した。

お母さんは数日前にもう退院していた。家事は何とか一人でやっていける。でも、当分、安静は必要だった。英介が騒動(そうどう)を起こすとまた危ない。お母さんは英介に関しては心配し過ぎ、それもちょっと異常だなと感じていた香は、これはいい機会じゃないかと、張り切っていた。

「お母さん、一人にしてて、大丈夫かなあ」

英介は少し心配そうだったが、

「あんたが家にいて、心配をかけるよりはずっといいよ」

香のその言葉に、なさけなそうにうなずいた。

バスに乗って、Y駅から新幹線、次に、最寄りの駅からローカル線の旅。そしてようやく着いたその田舎の町からは、またバスの旅となった。

バスは山間の田んぼ田んぼの中をゆっくりと走る。車窓の田んぼはまだ冬景色、凍ったような茶色の野面に、耕作前の枯れたイネの切り株が寒々とつっ立っている。前方に青くかすむように連なる山並みに向かって、一路バスは走る。道路のそばを流れる川の、川幅がだんだん細くなってゆく。その流れにゴロゴロした岩が目立ちだし、そのうち、大きな岩が転がる渓流にと変わっていった。

「お姉ちゃん、おばあちゃんの家、えらい遠いんだね」

「英ちゃん、疲れたの？　眠っとっても大丈夫よ。着いたら、起こしてあげるから」

でも、英介は車窓に目をじっと凝らす。初めて見る田舎の風景に興味しんしんだ。

「水がきれいだね。あらあ、あれ、カモじゃない」

「あっ、あれ、ススキだね。ほうけたみたいに倒れてる」

「ちょっと、見た。あの鳥、いやあ、きれいだね」

「英ちゃん、あれって、キジだよ。珍(めずら)しいねえ。ラッキーだね。それも、雄(おす)のキジだよ。ほんと、きれいだねえ」

香も一緒になって声をあげる。川原の枯れススキの間に、すばらしい羽根の色がゆっくり動く。その先にはシラサギも、アオサギも見える。英介の少し疲れた顔が、にわかにいきいきと輝きだした。

やがてバスは終点の、山の簡易郵便局前に到着(とうちゃく)した。

バスを降りたのは、香と英介のたった二人っきりだった。

「寒い」「おお、寒う」

二人はぶるっと身ぶるいした。そこはまだ早春のたたずまいだった。うっそうとした森の樹々(きぎ)の間を、夕もやにおぼろにかすむ、ビワの実のような太陽が、まだ消え残る根雪を薄赤(うすあか)く染めて沈(しず)みかけていた。

「かおりちゃーん、香、いらっしゃーい」

おばあちゃんの声がした。向かいの店から、手を振って呼んでいた。二人はその方へ駆け出した。おばあちゃんは、何でもかでも売っている、元酒店のよろず屋さんの店で、ストーブに当たりながら二人を待ってくれていた。

「よくきたね」

まずおばあちゃんは英介を両腕でぎゅっとハグした。柔らかい羽毛ぶとんのような胸。英介はいきなりの歓迎に、

「あっ、えっ、ええ」

すっかりうろたえる。

「ぼっ、ぼ、僕、英介です。お世話になります」

お母さんに教えられた通りに、ぺこんとおじぎをした。

「はい、よくできました」

にっこりと、おばあちゃんは英介を解放した。この初っ端の出会いで、英介の細い神経の糸が、でれんと緩んだみたい。香の目には何かしら、そんなふうに感じられた。おばあちゃんは香ににこっと軽くうなずいて、

「さあ、乗った乗った」

と、英介と香をワゴン車に導いた。

英介は助手席に陣取り、暮れなずむ森の、白いもやの山道に目を凝らす。初めて見る、幻想的な早春の森の風景に目を見張り、すっかり心を奪われたようだ。

森の上空にはまだ青空が残っていて、その青色が少しずつ色を深めていく。ぽっかり浮かぶ綿雲も、それにつれ、橙色から赤、赤紫、紫と微妙な色合いに暮れていく。ドオー、ドオーと鳴り響く渓流に沿った険しい山道。その両脇に連なるモンスターのような黒い樹々。そんな樹の根元に英介はおやっと目を凝らした。そこだけ根雪が解けて、ぽっかりと真っ黒い穴が開いていた。そしてその周りの残雪から、煙のようにもやもやっとかすかに水蒸気が立ち上っている。車が山道を上っていくにつれ、雪解けの沢音はいよいよ大きくなっていった。

その雪の森から車のライトに、茶褐色の獣が一匹飛び出した。こちらをちらっと振り向いたその目が、ピカッと金色に光った。

「あれ、何っ！」

「何かいたかい」

おばあちゃんはゆったり、赤い縁の眼鏡を指で押し上げ、

「この森にはいろんなものがいるよ。テンかな。それともキツネかな。うちのロッジの前のクヌギの木には、ムササビが巣を作ってるんだよ」

おおらかに答える。

「へええ。すごいね」

英介は魔法の世界に入って行くようなわくわく感を感じていた。

やがておばあちゃんの車は、山小屋風の一軒の建物の庭に止まった。辺りはもうすっかり薄暗くなっていた。そこは、白い霧に包まれ、玄関脇のランタンの明かりに、ぼうと浮かび上がるような木造二階建ての家だった。庭の木々の間には、凍った残雪が青みを帯びて輝いていた。

「さあさあ、お入り」

おばあちゃんは先に立って玄関を入っていく。英介がくっ付いてきょときょとと速やかに入っていく。それは、いつもの英介からは考えられないような積極的な姿だった。その様子に、「あらっ」と香は目を見張った。そして、そっと外を振り返って、辺りを見回す。そこは寒々とした暗い森の中。でもその煙ったような風景の中に、ほのかに甘い春の気配がぽっとにじみ出ているように感じた。つうーんと澄んだ冷たい山の気が、すっと胸の奥までしみ渡った。

香と英介は玄関を入ってすぐの部屋、真ん中を板戸で分けられた部屋に通された。部屋を二つに仕切っているびょうぶ風の板戸を開けば、広い一つの部屋になるようだ。部屋のドアの上に「山桜」という札が掲げてあった。おばあちゃんは今のところ宿を経営しているのではないと言っているが、部屋部屋にはそれぞれ名前の書かれたプレートが付いていた。

「山桜」の部屋にリュックを置くと、おばあちゃんに呼ばれて、二人はダイニング・キッチンへと急いだ。ストーブでいいあんばいに温まった部屋の、中央のテーブルには、もうお鍋が湯気を立てていた。エプロンを着けた、中年のおじさんがにこっとほほえんで二人を迎え入れてくれた。

「この前話した孫の香とその弟の英介君よ。今日からしばらくよろしくね。こちら、中島さん。私の実家の遠縁に当たる人なん。しばらくとう留してるの。おかげで助かってんのよ。このお鍋、今日はこの中島さんが用意してくれたんよ」

「おじさんでいいよ。今日は二人の歓迎用のお鍋だよ。ぼたん鍋だ。イノシシの肉さ。おじさんはただ、言われた通りに食材を洗って切ったっていう、それだけだよ」

「でも、助かってよ。このお肉はね、近くの猟師さんに分けていただいたんよ。たあくさんもらっとるから、うんと食べてね。さあ、いただきましょう」

おばあちゃんは木のしゃもじで、鍋の肉や野菜をお椀によそいながらうれしそうに話す。そんな温かな雰囲気に包まれ、英介のいつもの、ガサゴソ、バタバタがちょっぴり鳴りを潜めていた。

「おじさんはさ、お仕事、会社から長期休暇をもらってさ、この山の出で湯でのんびり休んどるってわけ。ちょっと疲れちゃってね。今まで仕事仕事で、家をしょっちゅう留守にしとったもんだから、家族にも見捨てられちゃったってとこ。ただ今一人ぼっち、寂しい寂しい人なの。ここのおばさんに拾ってもらってね、居候してんのよ。まあ、よろしくね」

中島のおじさんは無精ひげの少しやつれた頬を、両手でぽんぽんと軽くはたいて、照れたように目尻にしわを寄せた。

「僕、シシ肉食べるの初めてだ。おじさん、お料理、上手だねえ。すごくおいしいよ」

いつもは人に取っ付きにくいたちの英介が、この雰囲気にもう打ち解けている。その様子が、香にはとてもうれしかった。この山の空気のせいだろうかとも思ってみる。

食事が終わると、英介は早速中島のおじさんに誘われて、おじさんの部屋に出かけた。おじさんの部屋は二人の部屋のお隣、「辛夷」の部屋だった。そこにはたくさんの本が所狭しと散らばっていた。窓辺にはイーゼルが立てかけられていて、カンバスに大きな風呂敷がかぶせられていた。そのそばに絵の具やらパレットやらが無造作に置かれている。

英介は聞いてみる。

「おじさん、絵描きさんなの」

「いや、ここでは暇だからね。昔、絵を描くの、好きだったもんだから。ここにきて、この風景に魅了されちゃってさ、また始めてみたの。でも、やっぱり絵って難しい、なかなか描けなくてね。途中で投げ出してんのよ」

「ちょっと見ていい」

「ああ。まだほんの描きかけだよ。行き詰まってんだ」

おじさんは自嘲するようにつぶやいて、カンバスの覆いを外した。そこにはシラカバ林に縁取られた湖が描かれていた。白と黒のモノトーンの寒々とした風景画だった。

「ここには湖があるの？」

「ああ、あるよ。森の奥にね。カラマツやシラカバの木々に囲まれた大きな湖なんだ。まだ凍ってるけどね。あっ、明日、行ってみるかい。だったら、おじさんも久しぶりに描こうかな。うん、そうだ、行ってみよう。ちょっと描く気になってきたぞ。よっし、そんなら朝、温泉に行ってからにしようよ。ここの温泉、いいんだぞう。源泉かけ流し。湯量は多いし、いい湯なんだ。それにさ、朝風呂って、そりゃあ、また格別、気持ちいいぞう。どう、行くかい」

「うん、行く行く。それに、湖にも、ね」

「よっし、決まり、行こう」

おじさんはベッドに腰掛け、足元の缶ビールを一個取り上げた。

「ちょっと飲むぞ、いいだろ。『君も一緒に』って、わけにはいかないよな。じゃあ、君は疲れているだろうから、今日はもうお休み。また明日だ。明日の朝ね、朝は早いぞ」

「うん、お休み」

おじさんのベッドの棚の上に、小さな写真立てが置かれていた。英介ぐらいの少年と少し大きい女の子が写っていた。


次の朝。おじさんに連れられて、英介は村営の温泉に出かけた。起きがけだ。顔も洗わないまま、タオル一本だけ持ってだ。おばあちゃんの家からだらだら坂を二十分ほど歩いて下った所にあった。ここではまだ庭のウメのつぼみもかたく閉じていて、森を抜けてくる風がちょっぴり冷やっこかった。でも玄関前の茂みにはフキノトウが数本顔をのぞけていた。英介はおじさんと青っぽい岩で囲った岩風呂に入った。浴室はおじさんと二人っきり。体の芯までじんわりと温もった。

「ぼうず、いい湯だろ。それに、この時間帯はまだ客がいなくて、めっぽういいだろっ、貸し切りだ」

おじさんは英介の背をスポンジたわしで流してくれた。イガイガ虫のチクチクとがった胸の中が、ほんわかと和んでいくようだった。お返しに英介もおじさんの背中をゴシゴシ洗ってあげる。

「おいおい、おじさん、馬じゃないぞ。そのたわしはちょっときついな。ははは。でもありがとう。いいなあ、久しぶりにおじさん、じいんときて、おかげでうつうつも解けていきそうだなあ」

風呂上がりに休憩室の椅子でジュースをごちそうになった。ふと英介は幼い時別れたというお父さんを思った。そして忘れてしまったその面影を、この中島のおじさんに重ねてみるのだった。

温泉から帰ると、英介は皆と一緒ににぎやかに朝食を食べ、おじさんをせかせて、この山の奥の谷間にあるという、その湖へと向かった。

湖は一層深い森の中にあった。うそみたいに辺りはしいんと静まり返っていた。時折小鳥の声が樹から樹へさえずり渡っているだけだった。ぽっかり森に開いた大きな湖は、中ほどがブラック・ホールみたいに丸く氷が解けていて、そこだけ吸い込まれそうなほど深い藍色(あいいろ)。その外は白く朝日に輝く薄氷(うすごおり)が岸辺まで閉(と)ざしていた。

おじさんは岸辺にイーゼルを立てて、絵を描く準備を始めた。

ま向こうの岸に、朝もやにぼんやりとシラカバの白い幹が連なって光っている。二人の足元の岸辺をちょろちょろと雪解け水が湖に流れ込んでいた。その流れは、凍った薄氷の湖面を引き裂(さ)くように、折しも樹々の上に顔をのぞけた朝日に、きらきらと金や銀色に輝いて、藍色のホールにと注いでいた。

「きれいだねえ」

「心が洗われるようだろ。おじさん、好きなんだ、この景色。でも、描くとなると、なかなか難しくってな」

そう言いながらも、おじさんは絵筆をカンバスに走らせ始めた。英介はそっとその場を離れる。岸のガード・レールの上に残っていた雪を手ですくって、雪の玉を作り、湖面の氷の上に投げて滑らせてみる。二つ三つと投げるうち、雪原の上を小さな足跡(あしあと)がぽつぽつと続いているのを見つけた。何の足跡だろうと、目で追って歩いて行く。しばらくすると、向こうから英介ぐらいの少年が、ひらひらと大きなチョウのようなカイトを揚(あ)げながら駆けてくるのが目に留まった。少年は子イヌを連れていた。

「何やってんのう？」

少年は息を弾(はず)ませながらそばまでやってきた。

「うん？　あっ、何も。雪の上の足跡見てた。何かなって」

「ああ、足跡。足跡はいっぱいあるよ。この山にはウサギとかリスとか、テンやキツネもいるからね。クマだっているよ」

「へえっ、クマが出るの」

「うん、今はまだ冬眠中(とうみんちゅう)だろ。でもそのうち出てくるさ」

「へええ、怖(こわ)いね」

「怖くないよ。脅(おど)かさなければ、別に何もせんよ。この子、キツネだよ。僕の相棒なんだ」

英介はぎょっとして、飛びのいた。イヌだとばっかり思っていた薄茶色の動物が、英介の靴(くつ)をくんくんかぎ始めていた。

「一緒にこのカイト、揚げて遊ばないか。僕が作ったカイトなんだ。まだも一つあるから、お前に貸してやるよ、やらんか。さあ、行こうよ」

「ええっ、ええっ。僕に、いいの？」

「うん、遊ぼ。おいでよ。家、すぐそこなんだ」

「うん、じゃあ」

英介は誘われるまま、少年とキツネのあとを追って駆け出した。

少年の家は湖から四百メートルばかり行った所の、アシ原の中にあった。赤いトタン屋根の小さな工場と、それに隣接(りんせつ)する小さなコテージ風の家だった。「木地屋(きじや)・山本」という看板が目に入った。庭先にたくさんの丸太が積まれていた。

「ちょっと待っとってな。もう一個のカイト、取ってくるからな」

少年は自分のカイトを英介に手渡すと、工場の中に駆け込んでいった。冬中雪の下に押し潰(つぶ)されていたと見える白茶けたアシが、久しぶりの春陽(はるひ)の風に乾(かわ)いた音をたてていた。少年はすぐに駆け戻ってきて、丸めたカイトを春風に広げる。青いビニールのカイトだった。黒いマジック・インキでアゲハチョウらしい絵が描かれていた。

「さあ、揚げるぞ。お前もそれを揚げてみな」

「うん」

「さあ、行くぞ」

「うん」

英介は黄色のカイトを上空に向けて放り上げ、その糸を伸ばしながらそろそろ少年を追って走りだした。雑木の森から吹き下ろす早春の風に、カイトはどんどん高く揚がっていく。いつか朝もやはすっかり晴れ、青い空が頭上に広がっていた。その空高く、ぎゅっと握った糸のずうっと先に、黄色いカイトが悠々とはためいていく。英介はまるで自分自身が、大空を泳いでいるような気分になった。何となくいつも感じているクモの網のような粘っこい束縛から、広い青空に自由に解き放たれ、心がどんどん軽くなってゆくように感じていた。遠くにぽっかり綿みたいな雲が浮かんでいて、突然の春風にこっちに向かって流れてきそう。

「おっとっと、やばいやばい。捕まるもんかよ」

カイトの糸をぐぐっと引き寄せ、とっとと逃げる。

「おい、糸、からめるなよう」

すぐ前を行く少年の青いカイトが接近していた。

「わかっとる」

湖畔の道を行ったりきたり、黄色と青色の二つのカイトが、はしゃぐ少年二人の声を引き連れ、行き交っていた。

おじさんの声が迎えにやってきた。

「おおい、英介くーん、そろそろ帰ろうや」

「お昼には帰ると言ってきたんだろ」

「あっ、おじさんが呼んどる、僕、もう帰らんと」

「うん、じゃあ、またな。僕、裕樹っていうんだ。山本裕樹。裕君だ。三年生」

「へえ、僕も。僕、英介。川村英介」

「明日もくる?」

「うん、明日もくる。僕、今おばあちゃんの所に遊びにきてるんだ。白峰っていう」

「ふうん。白峰って、あっ、白峰山荘の」

「うん、そうだよ。そこのおじさんがここで絵を描いてんだ。付いてきたんだよ。じゃあ、また明日ね。ばあい」

そこで英介はカイトを返し、裕君に見送られながら湖畔をあとにしたのだった。

「おじさん、僕、明日も山本君家に遊びに行く約束しちゃったんだ。だから、おじさんも湖に行くよね」

「ああ、そうだなあ、おじさんも頑張ろうかな。ちょっこら元気を出して急がんとな。ほれ、見てごらん、向こうに見える山並み、すこうし赤みを帯びてきてるだろう。芽吹きが徐々に始まってるんだよ。湖畔のシラカバやカラマツ林の根雪も、どんどん解け始めてる。こりゃあ、絵が完成する前に、景色がどんどん変わっちまいそうだなあ。長いこと、ほっぽらかしておいたからな。こりゃあ、二、三日は続けて頑張らなくっちゃあ、な。よし、明日も描くぞ」

「やった、良かったあ」

　そうして次の日も英介は裕君の所に出かけるのだった。

　その日はしばらくカイトで遊んだ後、工場の中に案内された。木地屋の木工所だった。おじいさんがろくろを回してお椀を作っていた。もう一人、若い人がいた。おじいさんの木地師の仕事を習いたいと、都会からやってきて、住み込みで働いているんだという。クマみたいなでっかい青年で、黙々と丸太をノコで切っていた。

　床に散らばったカンナくずやその中の木切れを拾って遊んでいるうち、裕君が自分で作ったという木製の自動車を見せてくれた。両の手の平に載(の)るぐらいの乗用車とトラック。すべすべに磨(みが)いてあって、鉄の心棒を通した車輪も付いている。それをころころと走らせてみせる。

「わあ、すげえ。いいなあ」

「心棒は熊さんに付けてもらったんだけど」

ちらっと鉢巻(はちま)き姿の青年の方に目をやり、

「あとは僕が木を削(けず)って、一人で作ったんだぞ」

裕君は得意そうに言った。熊さんというのは、奥で丸太を切っているあの見習いの青年らしい。英介も何か作ってみたくなってきた。

「僕も、何か作ってみたいなあ。だめ？」

「いいよ。作ったらいいよ。僕も、また作ってもいいし」

裕君が早速熊さんのそばに行って、

「あの子、英介君っていうんだけど、何か作りたいんだって。僕の車を見てさ。いいよね。僕もまた何か作りたくなったんだ。だから木切れ、ちょうだい。いいだろ」

すると青年は、早速手を止め、床に転がっている短く切った丸太を物色(ぶっしょく)し始めた。そしてその中から五つ六つ、長さのそろわない丸太をより出して、黙（だま）ってのっそりと持ってきてくれた。まだ皮の付いたまんまの丸太だった。

「怪我をせんようにな、よう気いつけてやれえよ」

シュルシュルと音を立ててろくろを回しながら、おじいさんがこちらに声をかけた。

「うん、わかっとる。英介、気をつけるよな」

そう言って、すぐに裕君はノコやナタやノミの入った道具箱を提げてきた。

「僕のだから、一緒に使おう、なっ」

そこで英介は小さめの丸太を取りあげ、それを床に立ててじっと見つめる。

（さあて、何を作ろうか。あれっ、何か形が見えてきたぞ）

香奈ちゃん家の玄関で、いつか見ただるまさんが浮かんだ。

「よし、これだ」

英介は小型のノミを取り出し、続いてツチを握（にぎ）った。まず、荒削（あらけず）り。おおまかに頭の部分と胴体を彫（ほ）り出してゆく。コツ、トン。コツ、トン。コツ、トン。意外と木は柔らかだった。しだいに夢中になっていった。丸太の中からだんだんと人物らしいものの姿が現れ始めた。

「ほう、なかなかうまいじゃないか。へえ、僕、習ったこと、あるんだ」

おじいさんがやってきて、しゃがみ込んで英介の仕事ぶりに目を細めた。熊さんもやってきて、おじいさんの後ろから腕組みして、ひげづらを崩して英介を眺める。英介はちょっとばかり戸惑う。

「いいぞ。その調子でやってみろ。ただし、手元をよおく見てなっ、怪我、するなよ」

コツコツ、コツコツ。そばで裕君は車を形作っていた。今度のは前のより少し大きい。バスにでもなるのだろうか。二人の周りをキツネのコンタがバタバタ跳ね回って遊んでいた。

お昼が近くなって、おじさんがやってきた。おじさんは今日は、おばあちゃんにお弁当を作ってもらってきていた。湖畔の木陰で一緒に食べる予定だったのだが、なかなか姿を見せない英介に、何かあったのでは、と様子を見にやってきたのだった。

「さあさあ、どうぞ上がってください。ご遠慮なく、どうぞどうぞ。むさ苦しい所ですが」

そう、おばあさんに勧められ、工場の玄関フロアに顔をのぞけたおじさん、そのまま、陳列台の上のお椀やお盆を眺めているうち、ついにソファーに腰を下ろすことになった。

おばあさんがお茶を運んできて、

「英介ちゃん、あんたもちょっと休憩しんさいよ。お昼にしようってよ」

と手招いた。そこで、英介は玄関のベンチで、おじさんとお弁当を食べることになった。

おじさんは英介の作りかけの木像をながめ、感心したように言った。

「へええ、君、なかなかやるじゃあないか。こういう特技があったとはね、ぼうず、すごいぞ」

途端に心がぷくっと膨らんだ。

(お母さん、僕のこと、『だめっ』て言うばっかり。ほめてくれたことなんかないもんな。お父さんだって、そう。僕と一緒のこと、ほとんどないもんな)

「英介君、これ、なかなか素晴らしいよ。おじさんさ、この出来上がり、楽しみにしとるぞ」

頭をつるっとなでられ、胸の中がいよいよほっこりと温もった。

お昼の弁当の後、裕君に誘われて、近くの山を探検することになった。キツネのコンタが裕君の足元をもつれながら走る。

二人はスキー場に行った。今年は雪が少なかったそうで、もうゲレンデの雪はほとんど消えている。所々褐色の地面がのぞいていた。リフトも止まっていた。

「この辺りでコンタを拾ったんだあ。まだほんの赤ちゃんだった。カラスにでもつつかれたような大きな傷が額にあってね、すっかり弱っていたんだ。迷子にでもなったんか、親の姿はどこにも見えなかったんだ。このままでは死んじゃうなと思ったから、連れて帰ったんだ。傷を消毒して、ペット・ボトルの湯たんぽで温めて、水やミルクをスポイトで飲ませてやった。夜通し看病したんだぞ。そしたら元気になってさ、それからずっと家にいるんだ。で、この調子よ」

裕君は思い出したように話しながら、コンタの毛並みを優しくなぜた。コンタはそんな裕君のブーツを、ぺろぺろなめて甘えていた。

英介は次の日もその次の日も山本工場に通った。そしてせっせと木工に励む。湖畔のおじさんの絵も、着々と完成に近づていた。その頃だんだん雨の日が多くなっていた。でも英介はだるま作りのため、熱心に工場に通い続けるのだった。

そうして数日のうちに、ついに英介はだるま二体、阿と吽の像を作り上げた。口を閉じ、少し口角を上げてほほえんでいるのを作ったら、もう一体、今度は口を開けて笑っているのを作ってみたら、と言う熊さんのアドバイスに従ったのだ。サンド・ペーパーで丁寧（ていねい）に磨き上げ、熊さんの絵付け用の絵の具を借りて、色付けした。眉（まゆ）を描き、目を入れる時にはすごく緊張（きんちょう）した。ちょっとビビッたけど、我ながらなかなかの出来だと、満足できるものが完成した。すっかり有頂天（うちょうてん）になった。

その日はいつもよりついつい長居をしてしまった。お昼に工場の大火鉢でおもちを焼いてごちそうになった。砂糖じょうゆのあぶり焼きのおもち。とってもおいしかった。そのおもちをたくさんお土産（みやげ）にもらった。

その帰りのことだった。細い雨が降ったりやんだりしていた。湖のほとりまで帰ってくると、若い女の人がぬかるんだ岸辺に、傘（かさ）も差さずにぽつんとたたずんでいた。何か変だと思った。そこで、こわごわ、勇気を出して、

「こんにちは」

声をかけた。返事はなかった。髪（かみ）の長い、その女の人は一歩二歩、湖にと向かって歩いて行くではないか。

「お姉さん、お姉さん、ちょっと手伝ってえな。ねえ、お姉さん、僕、困ってるの」

そう叫（さけ）ぶと、女の人がちらっと振り返った。はっと驚（おどろ）いたような表情で、じっと英介の顔を見た。その時英介はおばあちゃんの大きな傘を差し、大きな袋も提げていた。お

土産のおもちとだるまさん二体。ほんとにほんと、重たくて困っていた。

　その大きな袋を前に突き出して、

「家まで送ってくれませんか。お願いします」

と頭を下げると、その女の人は、そろりそろりと英介のほうに引き返し始めたのだ。長い髪も、ベージュのコートも、茶色のスカートも雨でずぶぬれ。ブーツはぬかるみでどろんこだった。でも少しずつ少しずつ英介のいる湖畔の道に近づいてきた。

「すみません。それほど遠くはないんです。家まで一緒に行ってください。お願いします」

　すると女の人は、黙って英介の傘に入ってきた。冷え切った青い顔が、小さなボストン・バッグ一つを腕にかけたままの手で、英介の袋を受け取った。英介は何を話したらいいのかわからないまま、ただ黙々と歩く。女の人も黙ったまま、操り人形のように英介と一緒に山道を下っていった。そして、ついに、おばあちゃん家の山荘に到着した。

「あら、お客さん。あらあっ、いらっしゃい」

　香がすぐに出てきて、女の人を居間に案内した。

「湖から荷物を運んでもらったんよ」

その声に、おばあちゃんが急いでバスタオルと熱い紅茶を持って出てきて、ストーブのそばに女の人を案内した。英介は早速だるまさんを見てもらいたかったんだけど、この雰囲気に、ひとまず自分の部屋に引きあげた。そして隣のおじさんの部屋のドアをノックした。おじさんは部屋で湖畔の絵の仕上げをしていた。

「お客さん？」

「うん、湖の岸に立ってたから、家にきてもらったんよ。ずぶぬれだったからね」

「そう、どうしたんだろうね」

それから間もなく、

「おじさん、おじさん、いいかな」

香が部屋をノック。そして「ごめんね」と、入ってきた。

「車、運転してもらえない？　お客さんを温泉に案内したいの。私も行くからねっ、いいでしょ」

いつにない強引（ごういん）さだった。

「いいよ」

おじさんは居間に出る。そのついでに、

「英介君、どうだ。一緒に入るか？」

そこで、おじさんの運転で、四人そろって温泉に行くことになった。

香は女の人をお湯に案内した。湯舟にじっくりつかって、髪を洗い、女の人の頬が徐々に赤みを取り戻していった。

その晩、その人は何も話さないまま、二階の「白樺」の部屋に泊まることになった。そしてなぜかそのまま、白峰山荘の客となるのだった。

その夜更け、おじさんが居間に出て、おばあちゃんとワインを飲んでいた。

（おや、珍しいこと）

香は通りがかりに、足を止めた。

「英介君、この頃明け方もせきが出なくなりましたね。昼間のゼイゼイも鳴りをひそめているじゃないですか」

「そうね。もともと別に問題はない子なんじゃないの。お母さんの過度の心配が、英ちゃんの不安をあおってしまって。……つまり、英ちゃんにそんなお母さんの姿が、投映してたんじゃないのかなと思うんよ」

（そうか、そうだな。そう言えば確かに、そんな感じ、してたわ）

香は「うむ」とひとりうなずく。やがておばあちゃんは急に声を落とす。

「英ちゃん、ずっと前、小っちゃい時、交通事故に遭ったらしいのね。お母さんは自分の不注意でこんな目に遭わせてしまった、自分の責任だと、そのことに凝り固まってしまって、それをずうっと引きずっているんじゃないのかなぁ。それが英ちゃんに妙な影を落としてんじゃないのかなって、そう私は思うの」

香はこくんと唾をひとつ飲みこんだ。

（そうだったのか）

（お母さん、どこかおかしいところはないかと、探るような眼差しで、いつも英ちゃんを見ていたっけ。そうか、そうだったのか、わかったわ）

捜していたパズルのかけらを拾ったような気がした。そこで、なおも耳をそばだてる。

おじさんの間のびした声が続く。

「ほううっ。そう、そうなんですか。で、それで、そのお母さん、ここには何あんも言うてきとらんのですかあ」

「ううん、ちょくちょく電話かけてきて、様子を聞いてくるよ。心配なんだね。新学期に間に合うように、なるべく早く帰してくださいよって、そりゃあ、しつこくね。ここは、お母さんの踏ん張りどころだと思わない？　私、そう思うの。だから電話、取りつがないのよ。幸い、お母さん、体調も回復してきているようだしね、だから大丈夫。秋には赤ちゃんがね。そしたら、また変わるわよ、お母さんだって」

「そうですか。そりゃあ、いい。そりゃあ、おめでたい。人生、忘れちまった方がいいってこともありますもんね。じゃっ、もう一杯、いただいていいすか」

「どうぞどうぞ。私も、いただいちゃおっと」

おばあちゃんとおじさんはワイン・グラスをカチッと打ちつけて、「乾杯」、「乾杯」と、ほほえみ合っていた。

香はそっとその場を離れた。

次の朝、朝食の時、その若い女の人は、まるで取りつかれていた悪夢から覚めたかのような顔で、みんなの前に現れた。

「こちら、竹中由美さん。しばらく家で、私の仕事を手伝ってもらうことになったからね。よろしくね。これから、おばあちゃん、ちょっと楽ができそう。大助かりよ」

「由美です。よろしくお願いいたします」

何かあったんだろうなとは感じていたが、すっきりした顔に、香はほっとした。皆、何んにも聞かなかった。でも由美さんの部屋で、おばあちゃんだけは、こっそり打ち明け話を聞いていたに違いない。

一雨一雨ごとに、山はすごい勢いで春へとなだれ込んでいく。近頃おじさんは、麓近くの渓谷に出かけるようになっていた。

「渓流の山の斜面、そりゃあコブシがきれいなんだ。ヤマザクラもちらほら咲き始めていてね、常緑樹とのコラボがそりゃあ素晴らしいんだ。雪解けの水が岩を食んでドドッ、ドドッとあふれていてね、沢の景色がすごいぞ。ヤナギの芽吹き、小鳥の声。これがまた、いいんだなあ。今度は、萌える春の息吹を描くんだ。描き上げるぞう」

おじさんは毎日、おばあちゃんの自転車を借りて出かけていく。その姿、ずいぶん生き生きと輝いて見える。そんな姿に、何となくうれしくなる英介だった。香は由美さんというすてきな仲間ができ、一緒に散歩したり、お湯に出かけたり、時には「白樺」の部屋に行ってぞんぶんにおしゃべりを楽しんだり、いっそう春休みが充実したものとなっていた。おばあちゃんのお手伝いも、由美さんと一緒だと二倍も三倍も楽しいのだった。

ある晩、英介が寝(ね)ようとしていると、香がやってきた。

「英ちゃん、ありがとうね。由美さんをよくここへ連れてきてくれたわ。大手柄(おおてがら)よ。由美さん、死に神に取りつかれていたみたいよ」

（やっぱり、あの時、由美さん、危なかったんだ）

英介はうれしかった。

「原因は失恋(しつれん)だったらしいのよ。ずっと年の離れた人を好きになって、でも後でその人には奥さんも子どももいるってことがわかって、顔を合わせるのが苦しくなったんだって。黙ってその人から逃げ出そうと、勤めていた会社もやめたんだって。そしてふらっとここにやってきたってわけね。湖を見ていたら、もうこのまま死んでしまいたくなったんだって。私には、ようわかんないけどね」


そんなある日の午後だった。英介は裕君の所に久しぶりにまた遊びに出かけたくなった。湖畔の道を山本木地屋に向かった。湖は岸辺まで大きく広がっていて、たっぷり水をたたえた湖面に、まっ青な空と山並みを映していた。山並みは白っぽい薄赤や、薄黄緑色に膨らんでいて、その森の奥のどこからか、ドックンドックンと再生する命の鼓動(こどう)

が聞こえてくるようだった。

あいにく、山本木地屋には裕君はいなかった。おじいちゃんに付いて、森に材料の木を切り出しに行っているということだった。

「シラカバ林の側の林道を、北に向かって上って行けばいいんだよ。スキー場に行く道との分かれ道を、右に行けばいいんだから。細い沢に突き当たったら、そこを今度は左ね」

裕君のおばあさんに送られて、勇んで出発した。スキー場との分かれ道を少し上った所に、「クマに注意」という立て札が立っていた。やっぱりと思ったら、急に怖くなってきた。カサッと落ち葉が風に鳴っても、びくっとおびえるようになった。

(引き返そうか)

立ち止まって、後ろを振り返る。するとちょうど雲が切れて、山道が黄色くてかてかと照りだした。

(へへっ、大丈夫、ここまできたんだもん、やっぱ行こう)

ブナやカシやクヌギの大木が、うっそうと並ぶ森に分け入る。樹々の間にはまだ所々シャーベット状の雪がこんもり残っていて、しいーんと何とも静かだ。勇気を出してどんどん上っていく。

その内、樹々がジャングルみたいに密集していて、何かわけもなく、ずいぶん薄気味悪い場所にさしかかった。するとその暗い森の奥から、得体の知れない化け物が突然ガバッと現れて、頭の上から覆いかぶさってくるような気分にかられた。背筋がぞくっと凍った。足の裏が地面にぴたっと吸いつく。もう前に進めない。

(帰ろう)

急いで後ろを振り返る。すると、後ろを大きな樹々が両手を広げてどんどん、どんどん英介に向かって迫ってくる。

(怖い。どうしよう)

その時だ。

「ふっふっふ」「あっはっは」

あの、英介のだるまさん二体が、ごろんごろんと現れた。

「大丈夫、大丈夫。わしらを育てた森じゃ。優しい優しい森じゃぞ。あの樹もこの樹もみんなわしらの仲間じゃ。わしらを彫り出してくれたお前さんに、なんで悪さをするもんかよ。さあ、元気を出して進むんだ。お前には友達がいるんだろ。行っておやりよ、びっくりさせておやり。喜ぶぞ」

阿と叶のだるまさんが、肩をゆすって笑っていた。

「そうだ、僕にはあのだるまさんが付いてる。裕君という友達もいるんだ」

急に力が湧(わ)いてきた。一つ峠(とうげ)を越(こ)えた。続いて深い谷にと走る。斜面を滑り下っていると、突然、目の前の森から、空を覆いつくす入道雲みたいなすごい白煙(はくえん)が、もうもうと立ち上ってきた。その煙がものすごい勢いで、英介の方へ駆け下ってくる。

「なんじゃ、これは。あっ、ああ、山火事か。こりゃあ危ないぞ。逃げよう」

もう、びっくり。肝(きも)がでんぐり返って、慌てて後ずさりする。ところが、もう間に合わなかった。またたく間に英介はすっぽりとその白煙に包まれてしまった。

「きゃああ」

(えっ、待てよ。あれっ、これって全然煙くないぞ。こりゃあ、山火事じゃないなあ)

「ひええ、なんだ、こりゃあ。冷めてえ」

「おおっ、寒さむっ。これって、霧だ。すげえ濃(こ)い霧だ」

一安心。ぐうっと大きく息を吸う。もう前が見えないほどの霧の海だ。

その冷たい濃霧(のうむ)の中を、おそるおそる上っていく。すると、その濃霧の中を、キュルキュルと玉でも転がすような音が聞こえてきた。沢の音だ。おばあさんが言っていたあの最後の沢に着いたんだ。

(よし、もう近いぞ)

そのうち、沢音にガガッ、ガッガーと、木を切る電動ノコギリの音が混じって聞こえてくるようになった。カーンカーンというオノの音もだんだん高く響いてきた。

(おお、やったー)

沢の板橋をタッタと渡り、なおも山道を急ぐ。すると、おじいさんたちのノコとオノの音がいよいよ近くなってきた。ぽっぽと体中が汗(あせ)ばんできた。

「おおい。きたよ。裕くーん、きたよー」

「やあ、きたんかあ。こっち、こっちだよ」

裕君が駆け下りてきて、うれしそうに迎えてくれた。おじいさんと熊さんはクヌギやカシの木を切り倒し、枝を払う仕事をしていた。お椀やお盆の材料にするのだろう。裕君はそこらに落ちている枯れた木の小枝を集めていたようだった。

「焚(た)きつけよ。お手伝いしてたんだ。でも、もう遊ぼうか」

裕君は熊さんが切り倒した、大きなカシの木に英介を誘った。二人は積み重ねられた木々の上に上がって、それを舟に見立て、舟をこぐようにゆっさゆさとゆすって遊び始めた。

「そらっ、大型台風がくるぞう。大波が襲ってくるぞう」

「それこげ。ほれ、英ちゃん、波をよけろ」

「よっしゃ、頑張ろうぜえ」

「舵を切れ。ようし、おも舵い」

「ほいきた、船長」

二人はすっかり船乗り気分になった。倒された樹の上を走り回って、枝をゆすって夢中になって遊んだ。どのくらい時間がたったたろう。

「おおい。そろそろ、帰るぞう」

おじいさんが呼んでいた。おじいさんと熊さんはそれぞれ丸太を一、二本かついで、二人に声をかけ、山を下りようとしていた。

「うーん、わかった。帰るよー」

返事はしたものの、二人はまだ遊び足りなかった。なおも船乗りごっこを続けた。そのうち、裕君はそばに積み上げられていた丸太の山にひょいと飛び移った。そしていかだ乗りのように両手を広げて、積んだ丸太の上をよろよろ歩きだした。その途中、向きを変えたひょうしに、ガラガラッと丸太が崩れだした。裕君は足を踏み外して地面に転げ落ちた。そこへ運悪く、数本の丸太がガラガラッと崩れかかった。

「痛い、いた、いた。痛いよう。ウエーン」

英介は乗っていた舟を飛び降り、裕君の側に駆け寄った。裕君は丸太二本に膝下を挟まれていた。

「痛い。いたいよう。アーン、アーン」

裕君は盛大に泣き続ける。英介は丸太を両手で持ち上げようと頑張ってみる。でも、そうすると、いよいよその上の丸太の山が崩れ落ちそうな気配がする。そこでそうっと裕君の肩を両手で抱え、「ううん」と引っ張ってみる。抜けない。びくともしない。

(どうしよう。そうだ、熊さんとおじいさん、まだそう遠くには行っていないはずだ)

「裕君、僕、おじいさんたち、呼んでくるね。ちょっとの間、辛抱、しててよ」

英介は駆け出した。いよいよ夕もやの深くなる山の細道を無我夢中で転げるように走った。石につまずいて前のめりに転ぶ。痛い。でもそんなことでへこたれてはいられない。すぐさまむっくり起き上がって、また走る。走る走る。

「おじいさーん、裕君が大変だあ」

「熊さーん、熊さーん、助けてー」

叫びながら、ともかく走る、走る。

「おおーい。どうしたー」

声がした。もうもうともやで曇(くも)る森の木々の向こうから、熊さんが走り出てきた。その後からおじいさんもやってきた。

(追いついたんだ。追いつけたんだ。良かった)

英介は、へなっとかがみ込んだ。そこに、熊さんが息せき切って駆けてきた。

「裕君が材木の下敷(したじ)きになったんだ。引っ張ったけど、だめなんだ。丸太がもっと落ちそうなんだ。動かないんだ」

「よし」

熊さんが駆け上っていった。おじいさんもあとに続く。そうして、裕君は熊さんにおんぶされて、山を下りてきた。まだすすり泣いていた。途中のクマザサの間に止めてあったおじいさんの軽四トラックで、麓(ふもと)の村の診療所(しんりょうしょ)にと運ばれていった。

英介は山本木地屋に一人で戻った。そして、おばあさんと裕君の帰ってくるのを待つことにしたのだった。しばらくして、家の方の電話が鳴った。

　おばあさんがとんでいった。

「はい。山本です」

「そう、大したことはなかった。そう、それは良かった。骨には異常ないって。良かった良かった」

「大丈夫？」

「うん、おかげさまでね。打撲とかすり傷ですんだようよ。ありがとうね。大怪我でもさせたら、二親にどう言ってわびをしようかとね。仏様に一生懸命、祈っていたんだよ」

「裕君のお父さんお母さんって」

「そう。洪水で流されちゃってね。もう三年になるかね」

　びっくりした。英介は裕君の怪我が大丈夫だと聞いたその安ど感に、このショックが重くのしかかってきた。涙があふれそうになった。

「僕、帰るわ」

「そう、それじゃあ、よく気をつけてね」

おばあさんに見送られ、泣きべその顔で家路を急いだ。

湖畔のシラカバ林の向こうに、夕日がまだ燃え残っていた。

「裕君、お父さんもお母さんもいなかったんだ。死んでもういないんだ」

湖から湧き上がるもうもうとした霧が、夕日に薄桃色に染まって、辺り一面をぼうっと煙らせていた。真珠（しんじゅ）のようなしずくが芽吹きかけた雑木の芽に輝いていた。その霧の中の道を、一歩一歩踏みしめ踏みしめ、英介はとぼとぼと帰っていった。


香たちがおばあちゃんの山小屋を去る日が近づいていた。新学期が始まる。

明後日（あさって）は帰らなければならないという日の夕飯の時、おばあちゃんがお花見に行こうと言い出した。

「ここいらはまだこんなだけど、山裾（やますそ）の村は今、サクラが満開なんだって。中島さんのお勧めだよ。皆で行って、お花見でもしないかね。お花見弁当は、おばあちゃんが腕によりをかけて作るよ。由美さん、手伝ってね」

「うわあ、行きたい」

まず、香が手をたたいた。

「僕も行きたい」

英介も大喜び。そこでその晩遅くまで、おばあちゃんは由美さんとお弁当作りに精を出していた。のり巻きときつねずし。それにお煮しめ。英介と香のためにはチキン・フライや卵焼きなんかも用意された。

中島のおじさんがワゴン車を運転してくれることになって、お昼前に全員でお花見に出発した。山を下って、渓流沿いをなおも下っていくと、だんだんと春の色が濃くなっていった。ナノハナがそこら一面に咲いていて、あちこちの農家の庭先はどこも春の花まっ盛りだ。ここではウメもモモも、それにサクラも一斉に咲くようだ。

「ここにも、いい温泉があるんよ。中島さん、ここの渓流も、サクラと紅葉の名所なんよ」

「そうらしいですね。でも今は、花見客が多すぎますよねえ」

「そうなんよ。きれいなんだけどね。だから、も少し走ってみて。も少し下流の川沿いの堤に、良い所があるんよ」

香と英介は、ここにやってきた時見た風景と、あまりにも変わっている車窓の様子に目を見張る。ほんの半月ほどの間に、山里はすっかり春景色に変わっていた。そしておばあちゃん一押(いちお)しの、堤のサクラ並木に到着した。

サクラはまだ若木のようだったが、川の両側いっぱいに、雲かかすみかというように、ピンク色のサクラ並木は続いていた。

一同はサクラの木の根方にゴザを敷いて、思い思いに座った。そばをザワザワ、ザワザワと、春日をはじきながら雪解け水が岩を乗り越え流れていく。香はその土手にワラビを見つけた。そこここに、にょきにょきのぞいている。

「英ちゃん、ほら、ワラビが出てるよ。折ろうか」

香は立ち上がって英介を誘う。英介はもの珍しそうに、ワラビに近づいて、香をまねて、ポキッと手折(たお)る。

「あっ、まだまだ、ずっといっぱいあるが」

「採ろう、採ろう」

二人はワラビを手折りながら、前になり後ろになりしながら、土手を歩いていく。

「香も、すっかり元気になって、それに大きくなったわ」

「ほんと、元気そうですね。お母さんを亡くして間なしだなんて、聞かなければ気づきませんよ。そうか、来年は高校受験ですか。そうかぁ……。さあ、そろそろ、私もおみこしをあげなくちゃあいけませんな。そろそろ仕事に復帰しましょう。これまでのことはもうリセット。人生の再チャレンジといきますか」

中島さんが英介と香を交互に眺めながら、力強く言った。

「そう、それがいいわ。あんたも、この頃、ほんと、とっても元気そうになっとるよ」

「ありがとうございます。お世話になりました。あの頃は、すっかりまいっとりましたもんなあ」

おばあちゃんと中島さんのそんな話を、由美さんは伏し目がちに、時々うなずきながら聞いていた。

しばらくして、香がワラビの一束を持って帰ってくると、由美さんはいそいそとお弁当を広げ始めた。

「あらっ、もう、お昼？　お弁当にするの？」

おばあちゃんが言うと、

「えっ、早すぎます？　私、もうお腹ぺこぺこ。おばさんのあの巻きずし、早く試食したいんですもの。だめですか」

「いいでしょう、花より団子です」

「食べたいよね、由美さん。私も、もうペコペコです」

中島のおじさんが由美さんに相づちを打ち、由美さんがしまいかけたお皿を手招きで催促する。

「おばあちゃーん、こんなに採れたよう」

英介がうれしそうにワラビの束をふりふり、皆の待つゴザにと駆けてくる。

「じゃあ、食べようか。由美さん、あなたがぎゅうぎゅうに詰め込んだ、例のジャンボきつねずしを、まず、中島さんに差し上げて」

「ぎゅうぎゅうに、ですか？」

中島さんが由美さんの顔を横目でのぞくと、

「わあ、もういや。どうしましょう。でも、私のでいいんですか」

由美さんがちょっぴり頬を染め、おばあちゃんにしなだれかかるようにして笑う。

「はち切れそうでも、少々破れかけていても、大丈夫。中身はちっとも変わらないんですよね」

「えっ、ええっ、うふふふっ」

由美さんは肩をすぼめ、目を細めながら、香や英介にもおすしを配っていく。

たわわな花房（はなぶさ）が、春風にゆっさゆさ揺れるサクラ並木の空を、ヒバリが二羽、競（きそ）うように、しきりに鳴きながら空高く高く羽ばたいていた。

著者紹介

川島英子（かわしま　ひでこ）

岡山県久米郡美咲町に生まれる。津山高校、岡山大学教育学部卒。小学校教諭の後、専業主婦。

賞は、岡山市民の文芸、随筆「通夜の雨」で市長賞。岡山市 市民の童話賞、童話「うちの子、知りませんか」は最優秀賞。児童文学「蛍のブローチ」で、岡山県文学選奨入選。読売ファミリー童話大賞に「白いパラソル」が優秀賞に入選。

著書は、児童文学『蛍のブローチ』『ぎゅっと だいて』『白いパラソル』（けやき書房）『鬼山砦の小悪党』（吉備人出版）。童話『月夜のシャボン玉』（山陽新聞出版センター）。短歌の歌集に『櫻吹雪』『渓のせせらぎ』（砂子屋書房）がある。

日本児童文学者協会会員。いちばんぼし童話の会、岡山児童文学会「松ぼっくり」同人。短歌誌「麓」同人。

棚田の村の少女

2023年7月12日　発行

著者　川島英子

発行　吉備人出版
〒700-0823 岡山市北区丸の内2丁目11-22
電話 086-235-3456　ファクス 086-234-3210
ウェブサイト www.kibito.co.jp
メール books@kibito.co.jp

印刷　株式会社三門印刷所

製本　株式会社岡山みどり製本

ISBN978-4-86069-698-6　C0093